在万千人生之中,寻见壹次参透的力量

都市两极
北京14人
BEIJING

北京青年×壹次访谈录 | 作品
赵梦月

金城出版社
GOLD WALL PRESS

Copyright © 2025 GOLD WALL PRESS CO., LTD., CHINA

本作品一切权利归**金城出版社有限公司**所有，未经法律许可，严禁以任何方式使用。

图书在版编目（CIP）数据

都市两极：北京14人 / 北京青年×壹次访谈录，赵梦月著. -- 北京：金城出版社有限公司，2025.6.
ISBN 978-7-5155-2723-9

Ⅰ.I25

中国国家版本馆CIP数据核字第20257PL190号

都市两极：北京14人
DUSHI LIANGJI: BEIJING 14 REN

作　　者	北京青年×壹次访谈录　赵梦月
摄　　影	陈　磊
责任编辑	刘　磊
责任校对	张超峰
责任印制	李仕杰
开　　本	880毫米×1230毫米　1/32
印　　张	9
字　　数	189千字
版　　次	2025年6月第1版
印　　次	2025年6月第1次印刷
印　　刷	小森印刷（北京）有限公司
书　　号	ISBN 978-7-5155-2723-9
定　　价	68.00元

出版发行	**金城出版社有限公司**　北京市朝阳区利泽东二路3号　邮编：100102
发 行 部	(010) 84254364
编 辑 部	(010) 64222989
总 编 室	(010) 64228516
网　　址	http://www.baomi.org.cn
电子邮箱	jinchengchuban@163.com
法律顾问	北京植德律师事务所　（电话）18911105819

每年都有无数年轻人如同潮水一样涌入北京,
他们在这里相遇,等到了一定年龄,
身体和心理的疲惫上来后,
又如同潮水一样从北京撤退,
接着新一批的年轻人又涌上来。
北京从来都不缺年轻人,
可年轻人,
谁也不敢说自己属于过它。

大地上都是异乡人。

可可记得，7年前她和小飞带着女儿刚回到北京时，
租了一间墙皮掉灰、没有暖气的小屋后，身上就剩两千块钱。

那时候，也是10月，天又干，风又大，哪怕已经关紧了房门，风还是见缝插针地往屋里钻，整间屋子冷得像冰块一样。

王五龙顺着保留下的建筑物框架,仔细辨认,试图找到昔日的生活记忆,以此证明存在过的痕迹。然而随着北京城的不断再建和扩大,他再也找不到少年时代的城市印记。

太阳有落山的时刻,
写字楼的灯管 24 小时不灭。

剧场后台,看不到天花板的幽暗中,巨大的帘幕从天而降。灯光长亮时,便是永昼。比起演出的魔术,整个剧场更像是一场幻觉。那些站在舞台上的人,被魔术的信念带离了自己的身份和躯壳,暂时成为一个本不存在的人。我也在这里,忘记自己本该烦恼的一切。

隔着卧室厚厚的门，
她听到
客厅里冰箱发动机电流运作的"滋啦"声、
厨房水龙头里的水滴滴落到水槽里的"啪嗒"声、
卫生间下水管道的"呼啦"水流声，
以及
铁柱在客厅里挠沙发，
爪子被勾住的"咔嚓"声。

铁柱是一只猫，目前1岁多。

目录

序言一：出自深处 / 陈磊　　　　　　　　　　002

序言二：创作手记 / 赵梦月　　　　　　　　　006

1　陈涛：北漂 12 年，出名 15 分钟后离开的人　　008

2　赵小狗：决定当"魔法师"的北大毕业生　　　027

3　余菲：23 岁，我想休息到不想休息为止　　　045

4　董家琪：董小姐的爱情"童话"　　　　　　　064

5　李兀：主持人的"双面"生活　　　　　　　　083

6　北漂夫妇：创业 7 次后，他们实现了财务自由　102

7　况原：北京，是我的退路　　　　　　　　　119

8	王五龙："北漂"的北京艺术家	139
9	李笙：看不见自己的人	157
10	昕瞳：新的眼睛，新的开始	174
11	高蕾：海淀教育的另一种回声	193
12	范晓蕾：北大副教授的 10 年维权路	213
13	蛋塔：拥抱偶然	233
14	袁凌：一位作家的，选择就是放弃	251

后记：一个人面对 / 陈磊　　　　　　　　　270

序言一　　出自深处

1968年6月8日，摄影师保罗·弗斯科登上了运送罗伯特·F. 肯尼迪遗体的火车，他坐在同一个位置，在火车缓慢行进途中，拍下了2000多张照片，记录了那些铁路沿线送行者的"面容"。

女人跪在铁轨上祈祷；
一对父子，站在水沟上的木桥上敬礼；
人群里，微笑的修女；
灌木丛中，男人奋力舞着他手中的帽子；
她的手放在心脏的位置；
在另一个地方，一个断腿的人在挥动他的拐杖；
……

他们聚集在任何可以看见火车的地方，屋顶、车顶、桥梁、站台、铁路边、后院、无人旷野、遥远的山脊……越近越好。他们穿着任何他们想穿的衣服：西装、泳衣、短裤、工作服、碎花裙、格子衫……甚至光着膀子，散漫随性。

弗斯科的照片，有时背景是模糊的，有时人是模糊的。但在那一刻，照片中的所有人都在清楚地说出他所理解的"永别了"，没有表演。世界自有它的瞬间，这2000多张照片并不是思维的产物，而是人处于一种境况之中的自然显露，有着电影般的想象力。

我为什么会反复地观看这组照片？在我结束了6年的新闻图片编辑的工作之后，我仍然没有认真思考。过了几年，又过了几年，我担负了"北京青年 × 壹次访谈录"这一视频栏目的导演工作，我才给了自己一个答案：这组照片提供了一种撰写人类事件的新的可能性——真实、现场和诗意。当然，这个答案也成了"北京青年 × 壹次访谈录"这个栏目的可操作的尺度。

真实，这种真实来自一种主动的、自愿的、迫切的参与感。我们愿意花掉一生之中的一个上午，或者一个下午，坐在彼此的对面，我们在此时此地，只是为了讲述，讲述在过去的日子里如何生活，又为何生活，一种完全的、敞开的讲述，出自身体的最深处。

"住院的话，还要10多万，没办法，没钱，我把她从重症监护室接出来，我才知道她是女孩，我自己买了呼吸机，买了制氧仪，八九天后，她可以自主呼吸了，可以吃东西了，可以活了……"在讲述一个母亲的绝望和希望。

"我媳妇是，我看着她，在我眼前死掉了，她因为喝酒，跟她爸喝酒，65度的，也不知道为什么，喝完之后，就跟跳大神似的，发疯，说什么也听不懂，然后躺在床上，穿上新衣服、新鞋、新内裤、新袜子，从头到脚新的，就躺那儿了，死了……"在讲述一个丈夫的煎熬和释然。

"在美国，一个人，先是经历了校园霸凌，被六七个孩子摁着打，后又做了一个大手术，我左腿大腿根部的骨头里长了一个肿瘤，然后就抑郁，被强制住进了精神病院。总之，乱七八糟，经历挺多的……"在讲述一个男孩的痛苦和成长。

讲述，我们一直在讲述，讲述那些不同维度的人生的本来面目。

这些讲述面向的是屏幕前所有正在观看的人，谁在观看，讲述就对谁发生。这就是我们栏目的第二个尺度：现场。在这个现场里，没有主持人，没有别的第三者，仅有的是讲述者和倾听者，两者如河流的两岸，而那些说出的真实是两岸之间的河流，河流带着不同的力量和重量流经两岸，给两岸带来生机，如我第一眼所见到的塔里木河。

我们总在两岸之间，尽可能长时间地去呈现直接的、未经修饰的这条讲述河流，时间越长，讲述河流越长，给"我是"

以充分的时间，够看穿生命的，这是我们所认可的诗意，一种因长时间驻足、观看所生发的微妙变化，一种超越。你会想起画布上的那些坐标，苹果、睡莲、瓶瓶罐罐和干草垛，还有圣维克多山，然后，是再一次的无尽的宁静。

最后，我相信一个人可以踏踏实实、大大方方地，将自己的大部分时间用于一件所热爱的事情，任时代的暴雨怎样拍打它的门户窗棂，都不在意。专注，如苦行僧侣。

感谢那些参与我们栏目的嘉宾，除去你们的勇敢和我个人的一些软弱，我们差不多是一样的，我们都是命运的难民，总是在用尽全力挣脱命运的安排，我们所走过的路途以及未来的路途也都大同小异，这或许就是《兹山鱼谱》的那句台词："斑鹞走的路，斑鹞知道；黄貂鱼走的路，黄貂鱼知道。"

属于命运的台词。

用一句策兰在《呼吸结晶》中的一句诗，作为结束吧。
"割下的，耳，倾听。"

陈磊

"北京青年 × 壹次访谈录"栏目导演 / 创始人

2025 年 3 月 27 日

序言二　创作手记

人们在谈论"北京"的时候，其实谈论的是人在特定城市中的生活经验。

北京，本身是无数人交会的地方。很多人来了又走，很多人困顿又找到出口，很多人在人生的某个阶段毫无交集，但后来某一天会因某个契机而彼此影响。因此，这本书中 14 个人物的故事都没有定性的结局，因为生活还在继续。但也许一个人物的生活困境，会在另一个人的故事里找到可能的解法。

我尝试捕捉的正是这些潜在连接的可能性，是它们构成了一幅流动的北京图景。然而，"北京"并不是这本书的重点，或者说，并不是我写作的核心。在写作过程中，我无数次从他人的故事中，看到了情感上的相似性，尽管我们之间的生活经历可能大相径庭。正是通过这些情感的共鸣，我探寻和确认了某种广泛的真实性。

尽管如此，想象力依然在这些故事中发挥着至关重要的作用。正是通过想象，我找到了表达这些真情实感的方式。在某些时刻，虚构的力量反而成为通向现实最切近的道路。所以，这本书无疑是基于真情实感的。它来源于个体生命中的真实体验，反映了他们在某个生命阶段的生活感受。

　　这也是我确信自己并没有在写情绪的原因。我写的，是一种可能性——人如何在北京这个流动的舞台上度过一段时间，或许被改变，或许没有。这样的时刻，是每个人都曾经历过的。生活的起伏，不可避免。我并不认为人们的经历是因为生活在北京而有所不同。相反，北京这座城市的魅力在于，它会放大个体的经历和感受。

　　这是我创作的过程中，逐渐获得的理解。

　　我希望通过创作，在每个人物的故事中，找到那些更具建设性和价值的部分，将"人间送小温"的创作理念传递给读者。这是我当下对创作的思考，也是对生活的理解。

　　最后，我要特别感谢在创作这本书过程中与我并肩合作的编辑和"北京青年×壹次访谈录"的同事们，没有他们的支持与协作，这本书无法顺利完成。同时，我深深感谢我的父母和妹妹，他们无微不至的爱护，让我得以走到今天。感谢我的朋友们——小猴、月玲、周周、勤勤、萌萌和谨哥——没有他们的陪伴和鼓励，这本书也无法诞生。当我们谈论"人间送小温"的时候，我们谈论的正是彼此。

赵梦月

北京市西城区羊皮市胡同

2025 年 3 月 27 日

1

陈涛

北漂 12 年，出名 15 分钟后离开的人哲学专业研究生陈涛毕业后，怀揣新闻理想，义无反顾地来到北京，渴望在传媒界开创一番事业。在北漂的12年里，陈涛从《看天下》的普通见习记者成长为《南方周末》的资深记者，部分实现了他曾经对自己的期望。

然而，激烈的行业竞争和不断下沉的媒体环境，不断地挑战着他最初的理想。经历职业赛道转换的失败后，他在失业的边缘苦苦挣扎，无奈之下选择送外卖。

2023年3月26日，他在短视频平台上偶然发布了一段关于自己失业和求职经历的视频，短短15分钟后便"引爆"全网。陈涛，瞬间成名。

然而，随之而来的名声并没有减轻他内心的迷茫和对未来的困惑。他必须面对现实：在昔日的理想烟消云散后，如何在北京找到属于自己的位置？同时，在他远离故乡的这段时间，父亲的去世和母亲逐渐老去的事实也在敦促他思考：什么才是人生中最珍贵的？

2023年5月5日，陈涛告别北京，回到故乡成都。陈涛的个人经历不仅属于自己，还承载了这个时代无数漂泊在都市的异乡人共有的痛和希望。

每个人都有可能出名15分钟

那一天,走投无路的陈涛打算去当道士。结果,年龄不允许。

此前,他从来没有想过,出家当道士竟然还有年龄限制。他要去的道观规定出家当道士的年龄范围在18—35岁。

2023年,陈涛38岁,失业半年,全部银行卡余额只剩下100多元。这一年,是他来北京的第12年,也是从四川大学哲学专业研究生毕业的第12年。截止到3月26日这一天,他已经送了将近4个月外卖。晚上19:45,改变陈涛命运的事件,发生在这一刻。

在这一天的早些时候,陈涛骑着租来送外卖的电动车,奔驰在去往望京的路上。他打算把电动车退掉。送外卖这份工作,开始于2022年12月。当时陈涛看到一条"缺人!北京多区发布倡议:有闲暇时间居民可'送外卖!'"的新闻。在社会号召下,他注册成为一名外卖员。

坐上电动车,戴上头盔,把钥匙插到锁孔里,手握车把,在北京的大街小巷加速前往确定的目的地。送外卖的过程,让陈涛感觉自己成了一股风,想去哪里都可以。

当然,送外卖的经济回报很重要。他算过,这时候跑一单外卖的单价和在互联网公司上班的时薪差不多。更重要的是,他发现送外卖这份工作,可以和人建立真实的连接,既能帮助别人,也可以让自己有成就感。

总之,送外卖是陈涛在2022年,做得最开心的一份工作。

开心的时光总是短暂的。2023年3月,陈涛发现送外卖也有淡季,市场需求减弱和涌入人数过多,导致送一单只能拿几块钱。现在他一天只能接到十几单,而租车费用一个月要700元。仔细算过之后,他决定把车退了。陈涛把电动车车速开到最大。北京3月的风,从头发缝吹到脚底板,他整个人都要被冻傻了,可他不在乎。恰恰是身体上的冷,让他有了正活着的力量感。

还完电动车,陈涛扫了一辆共享单车骑回出租屋,来回交通工具的落差,让他在心理上尤其疲惫。

18:00左右,天已经完全黑了。陈涛到家后,打开唯一的光源,冷色调的顶灯照着屋内的一张床、一张摆了一半书的书桌、一个放置电饭煲的柜子,还有一些杂物堆放在门后。他打开狭小而黑洞洞的窗户,想让屋内的几盆多肉呼吸一下,即使那些多肉早被养死了。

他深吸一口气,瘫在椅子上,拿出手机,打开求职应用程序,不出所料,发的求职消息全都显示已读不回。打开微信,除了房东催交房租和家人催问是否找到工作、要不要回家之类的例行消息外，没有其他新信息。

事实上，已经很久没有人主动给他发过消息了。

"丁零零，丁零零"，刺耳的电话铃声突然在空旷的房间响起。陈涛有一些慌张地从椅子上弹起，他揉了揉眼睛，是一个陌生的电话号码。他深吸一口气，等铃声响了一会儿后，接起来。

他没有开口，等待对方先介绍自己。

"喂，请问是陈涛先生吗？"电话那边问道。

"我是，你说。"可能是很久没跟人讲过话，陈涛听到自己的声音，觉得陌生又虚弱。

"您好，陈先生。我是李女士，××公司的猎头。我们专注于传媒行业的人才招聘，您的简历在我们的数据库中，我们看到您之前在南方周'未'做过资深记者是吗？"

听到猎头把"南方周末"念错后，陈涛积攒了几个月的情绪，终于爆发了。他想教育一下猎头："你怎么连字都读错？"可话黏在嘴边一句也说不出。

"喂，喂，陈先生，您能听到吗？"猎头在电话那边不耐烦地催问。

陈涛把电话挂了。他想不通，一个连这么著名的媒体名字都念不对的人，为什么能有工作？而自己名校毕业，工作经验丰富，怎么会找不到工作呢？

在情绪的驱使下,他打开电脑,愤怒地敲下一大段话:"我,985硕士研究生,失业半年多了,还没找到工作,投出去的简历98.75%都石沉大海。也就是说,每100份里面可能有1份回复我的,并且说不合适。其实已经脱下了孔乙己的长衫,因为我年前就开始送外卖了啊。虽然有很好的工作经历和研究生学历,但是年龄过了35岁之后,真的是无人问津啊。"

写完,他照着稿子,用手机录制下说这段话的视频,接着拍了学位证和电脑上的硕士毕业论文,证明所说内容的真实性。

19:45,他发布的视频通过短视频平台审核,开始面向公众。

15分钟后,这条视频观看、点赞人数超出平时,开始有大量评论涌入。在传统媒体做过记者,又在互联网行业工作过的陈涛,敏锐地意识到这条视频要"火"了。他立即开了直播。在直播的过程中,无数消息像雪花一样涌入陈涛的微信,电话一个接一个响个不停。

失业半年后,陈涛出名了。

世界在下沉

陈涛知道新闻事件的热度一般会维持5—7天,而在新媒体时代,热度最多5天就过去了。因而3月26日之后,在众多媒体的邀约中,他从中选择出喜欢的媒体,接受了他们的采访拍摄。

他知道媒体想要什么,同时也想借着这个机会,坦率地回顾过往,总结经验。

2011年,陈涛研究生毕业,怀抱着媒体人的使命感和责任感,他去了媒体环境繁荣的北京工作。一开始是在《看天下》做见习记者,半年后转到《中国新闻周刊》做了4年专跑文化口的记者。

到了2015年年底,他和同行敏锐地意识到,传统媒体在新媒体的强劲势头下,正在下沉。彼时,互联网行业发展势头迅猛,谋求转型的媒体从业者,大多会选择跳入互联网这片"蓝海"。陈涛则转到一个完全不熟悉的汽车公关领域。在公关待了一年半,他又转回了传统媒体,这次加入的是《南方周末》。

《南方周末》曾是中国新闻黄金时代的象征,它代表着一个时代和一代年轻人对新闻理想的追求。陈涛以资深记者的身份成功应聘到《南方周末》。工作了一年后,他顺利转正。可他写的稿子总是无法达到标准。周报给了他足够的时间调适,在压力之下,他更加无法写出满足周报需要的优秀稿件,最终被迫离职。

后来,他就开始在互联网公司的运营岗和公关岗之间来回横跳。

2020年疫情防控前夕,他从公司出走,和好友一起创业,惨赔。2022年,和好友友好协商后,陈涛从公司退出。

重新把自己置身于劳动力市场，陈涛发现很多岗位的招聘条件都有35岁的年龄限制。

37岁时，陈涛惊慌地发现自己找不到工作了。

在失业的半年间，陈涛缩在十几平的出租屋内，无数次在深夜反思过往的人生选择，他想知道到底是哪一步走错了，才沦落到如今的局面？是从大学毕业后明明有机会在家乡进体制内，却选择来北京打拼吗？可如果回到2011年，再选一次，他发现自己还是会义无反顾地来北京。那是没有继续坚持在新闻领域，跳去其他行业的选择做错了吗？如果以收入来评价转行时的职业选择，那么，后来在互联网公司工作时，他也拿过高达几万的月薪，不是吗？

回头看过往的选择，陈涛发现，忠于职业理想，是万丈深渊；不忠于它，是寸步难行。现在已经这样了，他只能机械地一头扎进求职应用程序中，继续投着已读不回的求职简历。曾经有人看过简历后对他表示过兴趣，但得知他的年龄后，就再无下文。

他想不明白，年龄这个非人力控制的自然因素，怎么就被社会认为是"缺陷"了呢？

直到发布的视频在互联网上掀起热潮，越来越多的人开始涌入他的账号，在评论区和私信中分享各自在这3年的人生际遇。陈涛这时才意识到，也许不是35岁的坎儿过不去，就连应届毕业生现在也很难找到工作了。

在众多私信中，有跟他一样在一线城市失业半年多，最后选择回到家乡的；也有校友指责他在网络上发布视频，给母校抹黑丢脸的。对于后一种信息，陈涛直接回复："你去把四川大学'海纳百川，有容乃大'的校训读10遍，再来跟我说话。"还有一位母亲在评论区表达出对孩子未来生活的担忧，说高学历有什么用，还不是一事无成，不让孩子考大学，少走20年弯路，直接送外卖得了。陈涛不认可这样的说法。他回复："不出生还能少走100年弯路呢。关键是过程，要享受生活，享受过程。"

让他印象最深刻的是，一个刚上大一的学生发来的私信，提到他已经在为考公务员和研究生做准备了。这不禁让陈涛有些愕然——年轻人，怎么了？

他回忆起年轻时的自己，尽管因岁月长远，那些记忆有些失焦模糊，可他年轻过。他拥有过不切实际却灿烂的理想。他曾为了那个理想无怨无悔地战斗过，虽然现在来看——他，失败了。

可有些事，只有年轻人才会去做。如果再回到青春，他依旧义无反顾。

不像现在，世界在下沉，年轻人老得这样快。

北京两极：繁华与落寞

视频"火"了，媒体报道了，陈涛成了网络名人。房租该交还得交，借着视频的热度，陈涛在抖音直播总共赚了四五千块，他拿出一部分交了房租。

有热心的网友推荐工作机会给他。比如，有请他代言内裤的小商贩，也有找他去牧场放羊的农场主。看着这些五花八门的工作机会，陈涛笑了，他想，生活真荒谬。

堂哥喝醉了酒半夜打电话给他，醉醺醺地说："涛啊，你今年高低得领个媳妇儿回成都，你爸不在了，哥得管你啊。"

提到父亲，陈涛的眼泪开始止不住地往下掉。

2012年，陈涛到北京的第二年。那年母亲在哥哥开在成都的饭店帮忙，父亲在家突发疾病，独自走了。陈涛接到家里报丧的电话时，正在采访现场。他当时没有反应过来，只知道要往家赶。

同事看他接完电话就走，急了，忙拦着他问："哎，陈涛你干吗去？"

陈涛蒙着，说："我没爸了，我得回家看看我爸啊。"

同事也蒙了。"哦，再见，问你爸好啊。"

陈涛回家，看到父亲冷冰冰的身体，直挺挺地躺在白花花的堂屋正中间。他两眼一黑，双腿一软，跪了下去。这一跪，他在心里10年都没起来过。

作为家族里的第一个大学生，同时也是学历最高的孩子，父亲曾对陈涛寄予厚望。他生前最大的愿望就是希望这个"心比天高"的小儿子能够考公务员，稳定下来，结婚生子。这是那一代老人所能知道的唯一幸福路径，也是他们对孩子最朴素的祝福。

陈涛一意孤行地去北京，一待就是12年。现在他的身体疲惫不堪，还要继续留在北京吗？当陈涛开始严肃地思考这个问题时，他突然意识到，其实自己根本不了解这个占据了生命三分之一时间的地方。除了知道北京一些地名的大概方位，带着家人朋友逛过景点之外，他从未好好看过这座城市。对他而言，北京是一座悬浮的城市。

反而是在送外卖时，他才真正看见北京的轮廓。那天是元旦节，整座城市都在庆祝新年的开始。2023年1月1日，确实比以往任何时候，被赋予了更多的辞旧迎新的意义。陈涛记得那天外卖订单特别多。

他像往常一样开着电动车在北京深夜的城市街道飞驰。他赶着去往某个别墅小区，为住在那里的人送去庆祝新年的礼物。别墅区里干净整洁，欢笑和音乐声透过暖色玻璃窗飘到天空中，气氛祥和而安宁。

陈涛敲开门，屋内的暖气和橘色灯光倾泻到他身上，一群有礼貌的年轻人聚在一起跨年。开门的年轻人彬彬有礼道："新年快乐，辛苦你了，谢谢！"陈涛心里暖乎乎的，他把礼物递给客户，也回复道："新年快乐！"他转身要走，客户叫住他，递给他一个红包，说："师傅，祝你新年顺利。"陈涛接受了红包里的新年祝福。

他开心地骑着电动车前往下一单的目的地。导航七扭八歪地带他来到一个破败的街区，路灯昏暗，零星的狗叫声从黑夜边缘传来。天冷得他上下牙直打战。陈涛打开手机上的手电筒，下了车，跟着导航一家家地照着门牌号找地址。突然他听到一阵窸窣声，在寂静的冬夜里尤其刺耳，他循声看到一个佝偻着腰翻垃圾桶的老人。老人把垃圾桶里的垃圾掏出来，缓慢地蹲下来，在垃圾堆里翻找。

陈涛把餐送到客户的手中后，走到老人身边，把刚刚得到的新年红包给了老人。老人颤巍巍地伸出手接红包时，陈涛碰到他的手，被这一瞬间接触的冷意冻到心里。老人紧紧把红包按在手心里，不住地对陈涛道谢。

陈涛头也不回地骑着电动车，往前开。

这是曾经被陈涛刻意忽略的北京两极：繁华与落寞。

以前他做记者时，曾采访过社会名流。像是著名诗人余秀华，一位身有残疾的农村女性，因写诗走进大众，又用才华生猛地接住了公众的审视。时至今日，她仍旧活跃在公众视野。陈涛知道余秀华出身底层，可他见到她时，她已经是一位名人了。

在这两极之中，他处在什么位置呢？

他在北京曾短暂地拥有过事业、理想和爱情，然后又逐一失去它们。现在，昔日的理想早已烟消云散，北京再也没有什么值得他为之献身的了。

在网络出名后不久，陈涛在 2023 年 5 月 5 日离开北京，回到了家乡成都。

大地上的异乡人

离开前，陈涛打算把行李寄回去。最近两年住的这间十几平方米的屋子，见证过他最落魄的样子。可真到动手收拾时，他又发现其实也没什么可以带走的。只有一些书，需要给它们找个归宿。

陈涛收拾房间的时候，房东刚好过来。

房东："那就定 5 号上午走了，对吗？"

陈涛收拾着东西，点点头。

房东："孩子，你也别怨我，我把房租出去，也得提前跟看房的人说好不是？"

陈涛还是没吭声。

房东："那锅碗瓢盆的你要卖就卖，不卖你就扔那儿，待会儿我找人让他们把桌子拉走。"

陈涛说："还在收拾，有些书送人，有些书要寄回家。"

房东："这些书白送给人家，你都不给我是吗？"

陈涛瓮声瓮气地回："也会给你留东西的。"

房东："得了吧，有用的给我，没用的你别给我留。"

陈涛拿着一本书递过去:"我这里没有有用的东西,书,你要吗?"

房东突然带上了哭腔,"你在网上说房东天天催房租,暖气不好你也发朋友圈,你第一个就埋汰我,我这心里可不好受了,咱们处两年了。你这押金按理不该给你退,我还是退给你。孩子你是研究生,你有学问,你这么说我心里不好受。"

陈涛把书放下,尴尬得不知所措。"我改天专门录一条好的(视频),给你发出去。"

房东摆摆手说:"行了,好的你也别给我录了。"

陈涛:"我走之前,给你录一条好的。"

房东:"行了,你别录了。真的,孩子你是我的荣耀,我不想让你走,我想让你找到工作,留在北京。你明白吗?你是985大学毕业的研究生,我也懂什么是金,什么是银,可你家里人催你回家结婚,我留不住你……"

陈涛走神地听着。

"……那就这么着,你看着安排吧。"房东走了。

送走了房东,陈涛坐在床上,他想到刚来北京那一年了。

天通苑是北漂人的典型居所。2011年他刚来北京,就租住在天通苑。租房信息是从豆瓣上找到的,租房给他的女生那一年要回老家武汉。那是一套房中比较大的一间卧室,一个月1500元。陈涛买了一个沙发,就这么在天通苑住下了。刚来北京的三四年,他没有离开过天通苑。一开始是住在片区里的这栋楼，接着换到另一栋。刚来的时候，人生地不熟，只能和陌生人合租，这也是北漂的典型特征。后来在合租的过程中，他认识了一对情侣，随后就一直跟这对情侣一起合租。

那时候他还很年轻，生活情趣还没有远离他。因为要养一些绿植，租房一定要选向阳的房子。他买向日葵的种子，耐心地为种子选栽种的容器，悉心地观察种子从破土、发芽到开花的全过程。他还养过两年时间的流浪猫，猫粮和猫砂都要进口的。

那时候，他是负责文化栏目的记者，除了开选题会外，不需要天天坐班。大部分时间，他都会在家中写稿子。那时候，他从不想以后，只满足地在小屋子里构建属于自己的生活。

当向日葵开出它灿烂的花时，陈涛也正享受着甜蜜的爱情。30岁之前，陈涛的爱情和向日葵的花苞一样只疯长，不结果。那时候，他用一万八一台的单反相机，记录植物的生长，拍下爱情的样子，好像一切都能在定格的瞬间，永久保鲜。

时间不动声色地摧枯拉朽，到了30岁之后，陈涛发现向日葵凋落了，多肉也养不活了，摄影机的盖子许久没有打开过，猫也养不起送人了，爱情走不到结婚就凋零。

后来，就连跟他一起合租的那对情侣，也回老家结婚了。陈涛逐渐意识到，在北京认识的朋友，这几年都三三两两地离开了。北京好像又变成他一开始到的那个北京了，可他不一样了，具体哪里不一样，他也说不上来。

现在，轮到他离开北京了。

离开北京前两天，远在成都的同学请他帮忙去雍和宫请一串手串。借着这个由头，他终于有机会逛一逛二环里的北京。那天，他在太阳下排了3个小时队，烈日晒得他有些恍惚。他是一个坚定的唯物主义者，可帮同学买完串，他不仅给自己买了一串，还给母亲求了一个平安符。他说，求个心安。

临走前，陈涛形容北漂12年："空着手来，又空着手回去。"5月5日，陈涛独自一人坐上了回成都的高铁。

每年都有无数年轻人如同潮水一样涌入北京，他们在这里相遇，等到了一定年龄，身体和心理的疲惫上来后，又如同潮水一样从北京撤退，接着新一批的年轻人又涌上来。北京从来都不缺年轻人，可年轻人，谁也不敢说自己属于过它。

大地上都是异乡人。

生活不仅会过去，它还会继续

"落魄"回乡的压力只存在于他的想象中。家人坦然地接受了他归家的决定。这让陈涛释然了很多。从北京回成都一年后，他胖了15斤。

关于他的未来，家人召开过几次家庭会议。母亲希望他尽快结婚生子。哥哥考虑得长远，谈到他的职业规划。可谈来谈去,也就谈出"走一步看一步"的结果。在成都找了一段时间全职工作后,陈涛选择做一名自由职业者。反正只要他肯干,总有零散的工作可做。

陈涛重新拾起哲学专业,开始在网络上讲解哲学相关的课程。他想过做知识付费,后来又放弃了。他知道关注自己的粉丝其实都没什么钱,而且他也不想让他们花钱。他现在暂住在亲哥家中,哥嫂不让他付房租。经济压力没在北京那么大。日子平静地往前走,陈涛逐渐看见了生活。

在远离故乡多年后,陈涛发现求学时期,不同阶段认识的同学、朋友都还在成都。他有时候会和他们约着见见面,聊一聊彼此的近况,谈谈小时候的事。人到中年,大家的生活轨迹早已不同,在岁月的变迁中对事物的看法也都各异。好在曾经的情义还在,只要坐下来聊上一会儿,那些曾经一起度过的岁月又都鲜活起来。

他上大学时,初中毕业的哥哥已经开餐馆赚钱养家了。那时候每逢假期,他都去哥哥的餐厅里帮忙刷碗,做些杂事。后来哥哥的餐馆倒闭,又被骗去做传销,一个人千辛万苦地逃出来,现在他又支棱着开起一个水果店。陈涛把哥哥的不容易看在眼里。

他还是像大学时一样,去哥哥开的水果店里帮忙。凌晨4点,跟着哥哥出车去批发市场采购水果。哥哥的"唠叨",他现在也能听进去了。哥哥常在饭桌上,喝着酒就着花生米,醉眼蒙眬地跟他说："你是学哲学的。那我今天就跟你唠唠什么叫生活和幸福的哲学……"哥哥跟他讲如何激励手下的员工好好干活，如何跟超市老板处好关系，怎么招揽顾客。末了，哥哥用一双喝得通红的眼睛，一本正经地看着他说："你看，谁活着没遇到点儿事呢？我初中毕业，现在不也过得好好的。只要人没事，就行。"听得多了，陈涛渐渐觉得真是这么回事，自己经历的这些都不算个事。

好多个夜晚，陈涛都在睡梦中听到了血管里的血强壮而有力地重新流向心脏，一股股热流从心口暖到脚底。他梦到了父亲。有时候在梦里，他会跟父亲开玩笑："老汉儿，你少抽点儿烟，少喝点儿酒。争取多活几年噻。"有时候他也会梦到曾经在现实中发生过的事。有一次，他梦到了小时候看见的一件事。常言道"清官难断家务事"，邻居或亲戚之间发生了矛盾大打出手，大家都避之不及。父亲平生遵循"凡事不要动手，道理总能讲通"的原则，所以他总会在别人打架的时候挺身而出。有一次，他站在两家打架的亲戚中间劝架，混乱中不知道被谁打掉了两三颗牙，争端以一种安静而尴尬的方式平息了。

陈涛就站在旁边看父亲把混着血的牙吐出来。他心疼他。每次从这样的梦里醒来后，陈涛都会失神一会儿，在梦里父亲还活着。原来，他对家的温暖、人和人的亲近这么渴望。

他开始敢于融入成都的日常生活，和附近的人建立连接。他发现成都好像没有变过，人还是熟悉的那些人；可好像哪里又变了，公共生活丰富了很多。他经常背着帆布包去书店里看看书，坐在路边的咖啡厅里喝喝咖啡，参加一些文艺活动。前段时间他去了玉林大坝的露天讲座，参加王笛《那间街角的茶铺》的新书发布会。

看的书多了，他自己也开始写作。写家族的历史，爷爷参军抗日，父亲炼钢因公负伤、28岁退休的传奇；写他在北京生活，总结他的生活。这些细碎的日常，让陈涛逐渐缓了过来。

当少年渴望征服世界这一生命阶段过去之后，陈涛发现，宏大的世界性事件并不能决定一个人是谁，反而是具体的生活细节才构成了一个人的总和。比如，他自己是一个文艺青年。那么看书、喝咖啡和写作的日常，就构成了他的人格主体。

他对成功和失败有了不同的看法，它们不过是一个人漫长生命旅程的节点。相较于大面积的日常，节点其实并不重要。对于未来，陈涛接受了自己就是没有规划这一事实。可他也坦言，也许明年，不一定会在成都，可成都依然是他最喜欢的。

2023年的混乱过去了，2024年的前路并没有更清晰。然而，陈涛在过往的经历中学会了在不确定性中前进。

他知道，生活不仅会过去，还会继续。

2

赵小狗

决定当"魔法师"的北大毕业生

当赵小狗（化名）知道自己以状元的身份考上北京大学那一刻，她觉得自己的人生完蛋了。对18岁的她而言，以状元的身份到北京大学上学是个"魔咒"，在它被打破之前，她所做的每一个尝试，都源于对"失败"的需要。

真有人会渴望"失败"吗？听起来似乎很不可思议，但回望赵小狗的成长路径，似乎又顺理成章。从幼儿园开始，赵小狗就萌生了脱离主流路径的意识。比如，她不能在其他小朋友都午休的时候，遵守规定一同睡去；她在小学阶段转过三次学，才拿到小学文凭；高中成绩优异，却频繁逃课，和老师关系紧张；大学去了很多让人梦寐以求的公司实习，结果所有的实习都干不长久；职场的人际关系处理得一塌糊涂，却能一直有offer（录用通知书）可拿。

这种"福祸"相依的宿命感，一直笼罩在赵小狗的人生选择中。

渴望"失败"，是她对无处不在的规则与期待，最温和的反叛。

直到，她开始写作。她发现那些曾经抗拒的事，做起来简单多了。她开始学习制订计划，不再"社恐"，主动通过自媒体走向大众，和世界分享自己。

赵小狗相信，"魔法"存在于主流路径之外，当她握笔触碰"魔法"时，过往的那些或"失败"或"成功"的经历，怎么不算是施展"魔法"前的漫长准备呢？

开端：见证奇迹的时刻

2009年1月25日，我看到魔术师刘谦上了春晚，他告诉观众"接下来，就是见证奇迹的时刻"。其实在这之前，我就已经喜欢上了魔术。

后来我去魔术公司实习，一位魔术师朋友讲过一个故事。他说，隔着太平洋的遥远国度里，有一个8岁的小男孩亨利，开始怀疑圣诞老人是否存在。爸爸跟他说："如果你想知道世界上有没有圣诞老人，那就好好学习，等到圣诞节我带你去迪士尼见他。"亨利做到了。

夜幕下的迪士尼，人偶们随着游行的花车跟大家打招呼。圣诞老人像其他人偶一样，对人摆手说着"你好"。亨利看着他越走越近，既激动又困惑，他想，圣诞老人和其他人偶也没有什么不同嘛。

终于，圣诞老人走到了亨利面前，俯下身对他说："你好，你好呀，亨利。"那个时刻，迪士尼升腾的烟花在亨利的脸上留下绽放的光耀，以至于他都没注意到爸爸正站在他的身后，举着写着"亨利"的纸牌。

世界上没有魔法师,可会有人愿意变魔术。就像爸爸为亨利创造过一个这样的时刻。

2022年年底,我决定通过写作,成为一名"魔法师"。

不守纪律的优等生

2013年,一个宛若平常的夏夜,我从妈妈口中得知自己以市状元的身份考上了北京大学(简称北大)。对我而言,这很像一个奇迹,可它就是发生了。当得知这个消息的那一刻,我想:完蛋了,我的人生全完了。

我并不打算为自己考上北大的感受和后来做过的一系列决定辩护,但我最初的沮丧和恐惧也不是毫无来由的。

高考前我的成绩忽上忽下的,有时候可以考到全校第4名,有时候是20多名。只看成绩的话,我绝对是那种名为好学生的人。只是我纪律不好,我不能亦步亦趋地按照老师制订的总复习计划行动。我得按照自己的节奏和方式来安排学习进度。

我不会批评这个为大家呕心沥血的高中老师,毕竟我从幼儿园开始就是这样的。不知道是不是每间幼儿园教室墙上都会挂着一个钟表,反正我小时候上的幼儿园有。我喜欢盯着墙上的钟表看，时针分针秒针嘀嘀嗒嗒，它们前仆后继，精准地从1走到12。我最喜欢它从12:59跳到13:00的这个瞬间。因为妈妈答应过，会在这一刻接我回家。

妈妈问过我："你是不是认为1是这个钟表中最早的一个点？"我没办法告诉她，1点钟我们结束了上午的功课，吃完饭要午睡。每到这时，幼儿园老师就会拍着手，用一种异常欢快的语调说："好了，小朋友们，我们一起躺下来午睡吧，我看看还有谁的眼睛没闭上。"

幼儿园老师一声令下，我既躺不下去，也闭不上眼睛。我左右为难，只能让妈妈接我回家。

转了3次学后，我拿到了小学文凭。这段求学经历留下的最宝贵的财富，就是让我在三年级学会了自主学习，由此奠定了此后求学生涯"自奋蹄"的主调。很难说，这是一件好事，还是一件坏事，但它不同寻常。

我的学习进度太快，无法和课堂节奏保持一致。老师在课堂上讲过的内容，我已经学过了。"自奋蹄"的属性，决定了我必须再往前继续走。我只能上课不听讲，继续往前学。即使成绩很好，我和老师的关系也不好。这种情况延续到了高中毕业。

我很坦然地结束了这段以高考为目标、长达10年的生命阶段。我很早就意识到这个过程需要付出努力，尤其是在高中。我接受了这件事，只专注地享受过程。至于高考之后的事，我不去想。

得知自己考上北大那晚，我在看电视剧《甄嬛传》。它讲述一个发生在遥远过去的故事：一群或自愿或被迫进入后宫的清朝妃子，因为身份和宿命，不得不面对的爱恨情仇。

我在沙发上看得入了神，没有注意到比往常凌乱的开门声，门开的一瞬间，妈妈激动的声音传来："怎么不接电话？你考上北大了。你是状元。"

爸爸从屋子里走出来，声音颤抖着问："你听谁说的？"

我困惑地把目光从电视上移开，跌进妈妈湿漉漉的大眼睛里，她的声音好像从一个遥远的地方传来，急切地对我说话。

我说："妈妈，别急，你说什么？"

她顿了一下，看着我的眼睛，一字一句地说："你，考上北大了！"

这时电视剧里的台词，清晰地飘到我的耳朵里："这究竟是我的福，还是我的孽？"

"非常规"的北大学生

从上大学第一天到毕业多年后，我都不曾为上北大骄傲过。我以提前批的身份进入北大，只能报小语种专业，从很多以前从未听过的语言中，选了日语。

开学后，宿舍集体生活开始了。彼时，大家都是新生，新生活尚未展开，宿舍里的人都集体行动。一起睡觉、起床、军训、吃饭、上课和上厕所。24小时×7天的集体生活，对我而言是个挑战。

高中时我短暂地住过宿舍，高三时选择走读。那时候，有高考的主线任务在身，再加上脱离集体的自我意识还没有这么迫切，倒是能安然无恙地度过集体生活。现在我是个大学生了，我不知道自己在干什么。开学第一周的夜晚，我躲在被窝里，为这些集体行动发愁得整夜睡不着，枕巾不知道湿了多少回。

一年后，当我发现自己连日语考试试卷的题目都看不懂时，才发现开学时也许愁得过早了些。好在我可以拍着胸脯说，我这个人很少给自己留遗憾。大一结束时，我果断转到了一个最容易毕业的专业——新闻传播。毕竟很多事分析到本质的时候，大多剩下"只能这么做"一个选项了。

我是"非常规"北大学生。

北大总有目标非常明确的同学。这样的同学存在于每个专业里，我在课堂或是其他场合遇到他们时想，我的北大和你的北大不一样，这就是世界的参差。

那个在高中通过竞赛进入北大的同学，很早就发现了自己的天赋所在。他来到北大，不过是进一步深化和发展它们而已。在我连上课的第1步还没迈出去时，他已经走到第10步了。我认为他都可以当老师了，结果他比我年龄还小。

那些决定不打工的同学，很快就明确了创业或建立小工作室的目标。他们坚定果敢，迅速在现实世界中付诸行动。关键在于：如果我不知道自己想要什么，该怎么办呢？

事实上，北大有很多不知道自己想要什么的人。只是虽然不知道自己想要什么，大家的状态也并不完全一样。有的同学得过且过，已经不好奇问题的答案，他们有他们的自在；有的同学选择回到家乡考公务员，他们也有自己的乐趣。

我参考别人的人生轨迹，却铺不平自己的道路。我既不想按照社会的期待路径去考公务员，又迫切地想知道自己到底能干什么。

在北大度过了两年的集体生活后，我意识到是时候脱离了。大三，我从宿舍搬出，离开集体，在校外租房。独立的日子并没有变得轻松，关于未来要做什么，我仍然一头雾水。

妈妈依旧是那个会在幼儿园准时接我回家的妈妈，一如既往地支持着我的一切决定。可未来的道路应该如何走下去，她并不比我更清晰。

独居给了我空间，我常常在寂静却并不漫长的大段空白时间里，思考未来的方向。当大雪覆盖一切，窗户的缝隙抵挡不住呼啸的冬风时，我把自己沉到棉花被子里。在彻底滑向睡眠的边缘前，我决定继续投身于社会实践。

不适合上班的人

大学时,我参加过多份社会实习。一开始对职业的探索并不是从零开始的,我尝试把兴趣和经济回报结合在一起,希望找到一条安身立命的职业路径。

那时候,北大学生的身份,可以帮助我毫不费力地进入教育领域。我认真地了解过教育行业,它有很多的细分领域。首先是不同的科目,是教语文还是教英语或其他;其次是授课模式,是线上录课还是线下教学;还可以借助北大状元的身份,做如何成为北大状元的经验分享;有趣的是,还有好多北大学生一起合写一本书介入教育领域。

我投入地参与,却败兴而归。教育并不仅仅是教课这么简单,你需要和人沟通交流,在教育活动结束后,我还需要维持好和家长的关系,目的是留住学生继续在我的课堂上课。这就需要搬出北大状元的身份,同时在课堂教学中,采取一些吸引学生或家长的策略。

现实令人沮丧,我心虚地顶着北大状元的身份行事,始终找不到自己的价值。

我也曾短暂地为戏剧艺术工作过。外国语学院有招募演员跟随外国导演排戏的惯例,我面试了舞台监督,帮忙打杂。可是用英语交流不太自信,社恐的性格也让我没能真正融入团队。一轮演出结束后,我便没有再继续。

我后来还应聘过一家科技公司,去做了不到一个月的实习HR。我可以很骄傲地说,现在它是市面上发展得比较好的人工智能公司,即使它当时没能成功地吸引我坚持下去。

唯一一份我到现在依旧会参与的工作,是一家魔术公司的实习。初中时,我在电视上看到了魔术,对它产生兴趣。大学加入了魔术社团,顺理成章地去魔术公司实习。在魔术公司,我主要做幕后工作,比如放音乐和控灯光。剧场后台,看不到天花板的幽暗中,巨大的帷幕从天而降。灯光长亮时,便是永昼。比起演出的魔术,整个剧场更像是一场幻觉。那些站在舞台上的人,被魔术的信念带离了自己的身份和躯壳,暂时成为一个本不存在的人。我也在这里,忘记自己本该烦恼的一切。

虽然北大学生的身份,为我提供了进入不同领域的入场券,但它的作用也仅此而已。不得不说,除去魔术实习带来的快乐,求职阶段还真是一段暗淡的时光。我在不同的职业中尝试,却在过程中发现干不下去,划掉一个个可能的职业选项,最后一个不剩。时间倏忽而过,直到毕业我都没能在社会中找到适合的位置。

整个大学生涯,我没有太多朋友,也向来不喜欢参加联络感情的聚会和社团活动。毕业那天,我只和一个朋友拍了几张照片就算纪念。或主动或被动,直到离校前我也没有得到一份所谓"体面"的工作。

世界早就提供好了失败的标准。在漫长求学生涯的结尾，我落后于社会时钟，终于符合了它关于失败的标准。毕业后，我离开北京，兜兜转转又回到了唐山家中。

我的求学生涯结束了，贯穿大学始终的失落和内耗，包括短暂的欢愉，都像一个梦。唯一不同的是，这个梦曾真切地发生过。

梦醒后，我模糊地意识到——我，也许不适合上班。

退出职场

在上了 16 年学，尤其是在北大见过在学术上真正有天赋的人之后，再读一个研究生学位对我意义不大。在家中短暂停歇大约一个月后，我决定重新把自己置于社会中，追随内心的激情，寻找当时并不能清晰定义的职业方向。

回北京上班的选项一开始就被否定了。对我而言，北京是一个昂贵的地方。在这里，除了要支付昂贵的房租，每一口呼吸都需要人民币来支撑。我曾每天坐地铁 4 号线上下班实习，和乌泱乌泱的人群一起涌进地铁站。他们大多面色灰白，黑眼圈深重，机械地随着人流走进地铁。进到地铁，大多数人都耷拉着脑袋，或闭目倚靠在座椅上，或手指乱舞，在不同的微信群里切换回复消息，或者面无表情地拿着手机重复上滑的简单动作。在地铁拥挤的时段,大家甚至连弯腰曲背的资格都被剥夺了。

我置身其中,环顾四周,仿佛从他们身上看到了我将来的千百种样子,但没有一种是我想要的。我在内心尖叫。

或许更关键的问题在于,我无法从工作中弥补地铁给我带来的失望。我在新兴的互联网公司待过,传统房地产公司也试过。我穿梭在写字楼间忙前忙后。有段时间,无论我到办公室的时间有多早,一排排日光灯管就那么明亮夺目地悬挂在黑色天花板上。无论我离开得多晚,它们都不知疲倦地亮着。我像一只炭烤盐焗虾一样,整天都被包裹在炙热的日光灯下。

连太阳都有落山的时候,我很好奇,这些灯管是24小时都不会灭吗?总之,当我走出办公室时,天已经黑了。地铁又接管了我,它负责地把我运送回租住的地方。时间变得混沌,我失去了和自然的联系。

现在我毕业了,可以毫无顾忌地离开北京了。我得给自己无处安放的情怀找到挥洒的地方。我对乡村和小镇充满热情,杭州的文旅发展既有政策扶持又有发展势头。就像我之前说的,很多事分析到本质,往往只剩下一个选择。我头也不回地踏上了前往杭州的旅途。

我做好了在文旅行业持续深耕的准备,那时行业正繁荣,公司养了庞大的团队,外来考察的客户来了一波又一波。

我在工位上写朝令夕改的策划案。领导在领客户进办公室前,一定要在办公区域停一下,他会展示并给客户介绍:"这是咱们的业务部,这里是运营部。哦,对了,坐那个地方的小赵是北大毕业的高才生。"我难堪得脚趾抠地,只能紧盯着电脑屏幕,一个字删了写,写了删。呼——好在总经理没有让我过去打个招呼。

工作不忙时,同事或领导便发掘人与人之间的"乐趣",去扮演一个忠心耿耿、毫无保留的好下属,去扮演一个体贴入微、通情达理的好领导。

有的同事为了逃避无聊的工作,会去总经理办公室,谈论婚姻危机,倾诉与伴侣的关系不睦,甚至聊起与某位同事之间的小摩擦,这样的谈心可以持续两三个小时。有一次我从办公室门口经过,听到一位同事声泪俱下地控诉:"我跟他是真的过不下去了,我要离婚。"

我要离职。

除了北大,我承认自己一无是处……

2020年,我开始线上工作,决定回到老家。从杭州回唐山之前,我给妈妈打过一个电话。

她一如既往地亲切,问我:"最近怎么样?"

我已经长大了,可不知道为什么每次面对她,都委屈得像个孩子。难道因为她是妈妈,就要一直承担我的情绪吗?这对她不公平。

她毫无怨言,我想哭。

我不知道该怎么开口说回家,眼巴巴地指望她替我做决定。她轻轻地笑了,带着亲昵说:"你回家,我也高兴。"

我又回家了。不过,这次有些不一样。2019年,在经历一系列的失败尝试后,我开始认真地思考哪些事情是我擅长做,但从没有真正付诸过行动的。我试图从记忆中打捞起那些曾给我带来魔法瞬间的经历。

高二时,我打算报考戏剧影视文学专业,为此参加过艺考培训的课程。给我们上课的老师中,有一位来自北京电影学院编导专业。她在课堂上,曾说过这样一段话:"我们从小被教导要好好学习,考个好大学,结婚生子,这是一条稳妥的路径。你有没有想过,这些念头是谁在无意间植入到我们大脑中的?"

这是一个魔法时刻,它解释了我一直走在"正轨",却不愉快的原因。

我开始怀疑一切,但不再怀疑"我正在怀疑"这件事。十七八岁,我笨拙地用自己的方式实施一些无伤大雅的"脱轨"行为,尝试摸索出规定之外的道路和逃离它的可能性。高中实行自然教育,在校园修建过一个小山,上面种满了各种果树。我频繁地逃课到这座小山的树林中,在自然中看书或是做题。现在看来,这是一场并不彻底的精神反叛。

我并不想显得不知感恩，可阴差阳错地考上北大确实打断了我诚实面对自己的探索。2019年，我正打算从职场中退出，我想也许可以重拾高中艺考时为戏剧影视文学付出的努力。我尝试在手机备忘录中写下简短的文字，再探索出自己喜欢写作的方向和美食，然后我像个守财奴一样，高兴地守着自己从一开始写的几十个字，再慢慢地看到它们成长为一篇一千字左右的文章。等写得更完整一些的时候，我想，我得给我的宝贝找个归宿。我去投稿了，真有人看中并发表了。

这是魔法照进现实的那一刻，我第一次在魔术表演之外，体会到了惊喜的感觉。

从杭州回到唐山后，曾有一位在大学和我关系算亲近的同学，在微信上主动联系过我。看到她的头像发来消息提醒，我很开心地点开，她问候我："好久不见，老同学，现在哪里高就啊？"我立刻回复道："我回老家了。"

她没再回复过。

人在面对自己和别人时所处的位置不一样，看到的也会不同。从2013年考上北大，到2022年真正脱离职场，这将近10年的时间，在我，是一个从社会评价体系里节节败退的过程。

我承认，除了北大的光环，我一无是处……可我很坦然，很早之前，我就渴望不再承担任何人的期待，不用躲在一个体面的社会身份之下。现在，当一切都成真时，我反而能够下定决心，把所有的精力都投入我真正感兴趣的工作。

我决定成为小说家

大概在小学三四年级时,我把人生中第一次严肃的阅读献给了《哈利·波特》。收获之一是我看到了作者罗琳在《哈利·波特与密室》中写的一句话:"决定我们成为什么样的人,不是我们的能力,而是我们的选择。"

我把它奉为人生的至理名言,并从自己深思熟虑走过的生活道路中,部分地证明了它的正确性。它让我意识到,在面对外界的困难和不愉快时,不要太在乎结果,先勇敢地做出决定。

之前我在减肥这件事上努力了很久都没有成功,2020年可能是因为情绪逐渐松弛,并在世界上找到了一个可以安放自己的位置,不费力又健康地瘦了下来。正是在这一年,我现在所在的工作团队,在校友群里发布了一条招聘内容编辑的信息。我去应聘,很顺利地加入了这个没有实体办公室,只是线上办公的30人小团队。

不去办公室办公,不用处理复杂的人际关系,只和文字打交道,对我这样性格的人是一件好事。更何况,这份工作不仅给我带来了一份还算不错的收入,还给我的想象力找到了用武之地,想象我并未亲身经历的另外一种生活。

2022年年底,我读到作家骆以军写的一个去世作家袁哲生的故事。其中一句话大意是作家留给读者的作品会延续他的生命。那一刻，我有一种为了圆满人生，而不得不写的冲动。于是我的笔下出现了两个人物：一个活着不写作和一个有作品却失去了生命的人。

我萌发了当小说家的理想。

2023年夏天，我参加了中国台湾省举办的文学比赛。为比赛而创作的小说，以我的高中为原型，讲述了两个学生终日游离在课堂之外，穿梭在山林的日常生活。我后来发现，这两个人物始终没有离开过校园。他们在规则之中却又对规则充满怀疑，这是少年在迈向成人世界之前，对世界无害而温和的反叛。这本书带有我曾经的生活印迹和现在对它的回望，我在这个回望中意识到，在青春逝去之后，一个人的内心深处对少年时代的无限怀恋。

写作的长度超出我的预期，当写到6万字时，那个以真实生活为原型的世界越来越坚固。我为自己在现实生活之外，建立的那个虚构世界越来越像另一个现实。我学会了在现实生活中创造白日梦。

比赛的结局是，小说入围了，进入了终审环节，没有获奖。通过文字，建筑一个属于自己新的现实，哪怕不被人看到，也是我要做的事。或者说，我暂时想不到其他的可能了。

奇迹在结尾前，开始

现在，除了工作写稿外，我给自己制订了严格的写作计划，并且坚决地执行。如果未来两个月，我打算每天写一到两千字或是解决写作中的某个具体的技巧性问题等。那在这个周期的目标完成前，我决不社交，也不看剧。

对了，去年我搬到天津住了。这里不仅吃的多，而且大家还都很爱吃。我发现如果你真的喜欢一件东西，就会愿意花心思研究它，自然而然地就会做好它。天津有一家专门卖土豆泥的店，它只卖土豆泥，变着花样地卖各种各样的土豆泥。

凡事只要心甘情愿，就会变得简单。

3

余菲

23 岁，我想休息到不想休息为止

23岁,同龄人刚刚大学毕业,正式步入社会拼搏,而余菲却选择了不上班。

和走在"轨道"上的人不同,余菲在来到这个世界之前,似乎就注定要走一条不同寻常的路。5岁,余菲第一次见到刚出狱的父亲,还没来得及学会叫"爸",就被父亲一巴掌扇晕在地。12岁,因为父母离婚,余菲像一棵葱一样被迫从老家山西拔出,迁移到北京,住进客厅。18岁,父亲病逝,她被迫中断学业,进入社会工作。

确切地说,她的打工生涯应该从15岁初中升高中、去火锅店兼职的那个暑假算起。至今,余菲已经工作了8年。在这8年间,因学历限制,她做过礼仪小姐、展会模特。在疫情期间,她抓住机会,在23岁这年,以网络主播的身份实现经济自由。

也正是在这一年,双相情感障碍和失眠症愈加严重,她发现自己内心匮乏而少有饱满的时候,生命力迅疾地离她远去。她决定听从医生的嘱托,重新梳理过往的人生经历,重新回到家乡,勇敢地面对成长过程中那些难以回避的生命隐痛。

余菲"杀死"了自己的睡眠

余菲决定不叫赵亚婷。其实,她原本应该叫赵雅婷,派出所上户口的工作人员当时不会写"雅",就写成了赵亚婷。

余菲无法接受踏上新世界伊始,被如此草率地对待。或许更重要的原因是,这个名字的姓氏来自父亲,而她对父亲的感情稀薄。直到他去世,她都对父亲这个角色没有任何期待。总之,她决定改名为余菲。

余菲,余菲,叫着真响亮。

凌晨3点半,她睁着圆圆的大眼睛,躺在黑暗中睡不着觉。这样的情况已经持续了五六年。每当这时,外界的一切声音都以几何级数放大,被她的感官敏锐地捕捉到。隔着卧室厚厚的门,她听到客厅里冰箱发动机电流运作的"滋啦"声、厨房水龙头里的水滴滴落到水槽里的"啪嗒"声、卫生间下水管道的"呼啦"水流声,以及铁柱在客厅里挠沙发,爪子被勾住的"咔嚓"声。

铁柱是一只猫,目前1岁多,太年轻的猫总是很难稳重,它的生命力旺盛到余菲都有些自惭形秽。其实，在养猫之前，去年9月，她曾养过两只芦丁鸡。到了12月，公寓还没有供暖，余菲冷得直哆嗦，两只芦丁鸡也冷得发抖。当余菲看到两只芦丁鸡突然抱在一起时，立刻从网上下单买了保温灯。可惜，灯刚到，芦丁鸡也冻死了。

余菲很伤心。她想，以后再也不要养活物了。铁柱是芦丁鸡还活着时，朋友养的猫。朋友养了一段时间，被猫掉毛掉烦了，不想养。她知道了就说："那你就给我养吧。"等到朋友真把猫送过来，她发现自己其实根本不会养猫。比如，她不知道猫吃什么，用什么，为什么会突然抖动身体。

这些她还能去学。可最棘手的是，她发现有了猫就有了责任。以前她在家里待烦了，想出去玩几天就玩几天。现在她还没出门呢，就开始操心：我走了，铁柱吃得好不好？在家里有没有捣乱呢？人心里有了牵挂，路走得就不踏实。

可养都养了，还能怎么办呢？事到如今，余菲也只能安慰自己，猫的寿命一般是15年，15年很快就过去了。等她把铁柱照顾到"寿终正寝"后，就什么活物都不养了。

"刺啦"，棉布破裂的声音从寂静的客厅传来，余菲躺在床上，脑门儿嗡嗡的，心脏"砰砰"跳得有点儿疼。不用出门，她就知道，铁柱又把窗帘给拆了。可你能拿猫怎么办呢？难道要跟它讲道理吗？那不真成神经病了吗？

上周，她去看心理医生。医生还跟她说："你的睡眠问题，可能是因为双相情感障碍又严重了。换个药试试吧。"她一直都很听医嘱。临走前，医生语重心长地对她说："你小小年纪，不应该失眠啊。很多时候，光靠吃药解决不了问题。根源是你要勇敢面对生活，找到睡不着的原因啊。"她郑重其事地点头。有很长一段时间，她真的在按照医生说的，试图解决问题。可解决了很长时间，也没有成功，最后她索性就不解决了。

她只想睡个好觉。可现在都到了凌晨 3:45，她还没有睡着。余菲压下内心的恐惧，试着接受今天又要睁眼到天明的事实。她控制不住地拿出手机，打开喜马拉雅，随意点开一本书，伴着电子屏幕淡蓝色的微光，听书。

这是她长时间独居生活后养成的习惯。很难说，空旷屋子里偶尔的生活杂音和人为的声音有什么本质的区别，但人为的声音，在黑夜的边缘，让余菲觉得生活变得似乎没有那么难以忍受。

终于，在天色微明时，她迷迷糊糊地陷入了睡眠。在梦里，她又回到了小时候，一滴泪从眼角滑落到枕头上，很快晕染开来，湿成一片。

你住过客厅吗？

在梦里，余菲回到了 12 岁。

这一年，她像一根葱一样，被继母和亲爸从山西老家生硬地拔起，野蛮地迁到了北京。很多年以后，家族里的人聚在一起聊起这件几乎改变了她命运的决定时，轻描淡写地说："姐姐学习这么好，如果当时是姐姐去北京，肯定过得比现在好。也不至于家里两个孩子，一个也没出头。"

听到这些话，余菲很委屈，继而是席卷而来的愤怒。她痛哭流涕地反击："我实在不明白，我和姐姐现在这样生活，到底是哪里不好了？再说，所有人都以为我来北京上学是天大的福分，你们哪怕了解一下，这些年我到底是怎么过来的，就不会说出这样的话。"

你住过客厅吗？就是那种人来人往，没有任何隐私可言的客厅？余菲住过。她每次回忆都觉得屈辱。余菲12岁，父母在经过7年的感情纠葛后，终于办妥了离婚手续。法院判定她和姐姐分别由父母中的一方抚养。

父亲和母亲无法决定该留下哪个孩子，决定权交到了继母手中。继母选择了年纪较小的余菲。就这样，她懵懵懂懂地被父亲带到了北京。为什么会是余菲到北京呢？继母当着她的面说："因为你年纪小，有话直说，不像你姐姐，这么深沉。"

当时是2012年，父亲在北京租了一套两室一厅的房子。父亲和继母住一间，继母带来的哥哥单独住一间，余菲住客厅。客厅里摆着一张1.5米宽的木板床，正对着哥哥的房间。

即使年纪再小,也多少觉得有些不对劲。比如,为什么是哥哥住房间,不是我呢?

尤其是,每次哥哥半夜开门,无论睡得多好,余菲都会从床板上惊醒,直挺挺地坐起来。她的反应让哥哥愣了一下。这时候,两个人都会沉默地相对一会儿。接着,哥哥会若无其事地去厨房或是厕所,这时余菲就会望着哥哥房间里的窗户,局促不安的大脑一片空白。

直到他回到房间,关上屋子里的门。明明是轻轻的一声"咔哒",听到余菲耳朵里,却是巨大的声响。这个声响意味着她终于可以放松下来呼吸了。她在黑暗中挺立的脊柱伴随着轻轻的关门声,瘫软下来。她无措地坐着,缓慢地找到呼吸的节奏,再手脚冰凉地躺回去。冬天暖气片源源不断地传递着热量,她却觉得一会儿冷一会儿热,怎么暖都暖不热身体。在这样的温暖和寒冷交织中,她在被子里蜷缩起身体,紧紧地抱住了自己。

白天,她和同龄人一起上学,在阳光下奔跑,他们看起来没有什么不同。到了晚上,她背负着在黑暗中滋生的耻感,无人可说,无处可说。

1.5 米的一张木板床和放在床尾的一个无纺布带滑杆衣柜。这是余菲在北京的全部身家。对了,还有每周 100 元的生活费,由继母发给她。她留下这 100 元,定期去自动取款机存下。

直到有一天,继母发现存款的凭单后厉声质问:"你是不是一直都偷偷拿家里的钱给你妈妈?"余菲抬头望着继母,解释:"钱都给了四姨,她得了子宫癌,爸爸也知道这件事,你可以去问他。"继母把她提溜到客厅的床上,她被迫坐下。继母搜着她口袋里的钱,拿出来,举着钱,居高临下地对余菲说:"从今天开始,我不会再给你任何零用钱。你需要的生活日用品,都可以从家里拿。"

她坐在床上,尽量把双脚稳稳地踩在地板上,挺直腰杆,直直地抬起头,望进继母的眼里,毫无怨言地接受。也正是在这些年,她变得越来越喜欢夏天。"冬天让贫穷无处藏身。"经年以后,她请朋友吃饭时,谈到深处,好像终于可以坦率地回望过往。夏天穿T恤,2000块和20块的衣服,差别并不大。再说,余菲是真的漂亮。再加上年轻,她披个麻袋,在人群中都美得让人移不开眼。

可冬天怎么办哪?北京冷得让人绝望。她花了150块,从网上买了一件棉服,一整个冬天翻来覆去地穿,又不断地洗。渐渐地,棉服中的毛不断地从缝线处往外跑,毛都堆积到长款衣服的下端,最后这件棉服只剩下内外两层布贴在身上。

那个冬天,她一走动,衣服就在空荡荡的身上飘。

回忆起这段时光,桩桩件件都是难以启齿的窘迫。她当时决绝地不留任何照片,现在也难以隔着时间的长河见到曾经的自己,因此就更难以重塑过往。她有时候会恍惚一下,那段时间，是不是也有过快乐的瞬间，只是当时没发觉呢？毕竟18岁，是一个多美好的年纪啊。

没有，回忆里全都是心酸。

她不想做自己了，她想演别人

确切地说，余菲是在初中升高中的暑假开始打工的。她的户籍在山西，学籍在北京，初中升高中，没有北京户口就没办法参加北京的中考，自然也找不到接收她的公立学校。

那年夏天，她从初中毕业。按照正常的升学流程，9月开学，6月就应该知道去哪里读高中。"你知道吗？我不知道自己要去哪儿？"余菲后来跟朋友聊起这件事，"现在回头想想，小时候怎么有这么多的不知道。"

那个漫长炎热的暑假，因为未知而充满胶着，她不能回山西只能待北京，她在家里如坐针毡。当时有一个亲戚开了一家火锅店，看余菲无所事事，就叫她过去。"一个月给你开1800的工资，你想过来打工吗？"她跑着过去了。

为什么不呢？不用待在家里做家务，还能有钱拿，多好。高高兴兴打了一个暑假的工，余菲去了北京群星表演艺术学校学表演。在她看来，那是一所交钱就能上的高中，但好在还能继续上学，也不错。

尝到了不用伸手向别人要钱的快乐后，余菲的打工生涯在15岁正式开始了。她利用每个周末和寒暑假兼职打工。高中需要住校，周末回家只在家里睡两晚。白天她从通州区搭地铁去朝阳区，下了地铁走路去打工的地方。这段漫长的通勤时间，于她而言有一种难以言表的松快。

她去芳草地一家精品店里做卖娃娃的导购员，时薪20元。这笔收入，让她快乐得像只云雀。有了一笔可以自己支配的钱，她报复性地消费，买了很多无用的东西，但她就是买。她希望通过这种方式来证明，我和别人一样。

高中时的每年寒暑假，她总会抽时间回山西看母亲。母亲和姐姐住在三室一厅的大房子里。母亲不喜欢主卧，她觉得太空旷，宁愿住小房间。余菲回家后，就住在空着的主卧中，她在大大的屋子里躺在大大的床上，翻来滚去很开心。

母亲在背后责备她："这孩子真自私，一个人住这么大的房间。而且，家里的衣服从来不洗，都丢给姐姐。谁欠她的吗？"

余菲知道后为自己辩护："这么多年来，你对我不闻不问。让我来告诉你，这些年我是怎么过来的。我睡着一米五的床板，所有的衣服都要自己洗。我洗自己的衣服还不算，别人看到了顺手就丢衣服过来，'你顺便把这件衣服洗了吧'。洗完还不算，我还要把衣服按照别人的要求正反面都晾。一定要正反面都晾吗？我不明白了，怎么晾不是晾，太阳难道还偏心吗？

可我寄人篱下啊。晾干后，我还要一件件，把每个人的衣服分门别类地叠好。最后吃饭时，家里5个人，可只摆4副碗筷。干完活，我一个人拿碗筷都得小心翼翼的。高二的时候家里周五搬家，他们都不愿意多等一天。我周六回家，发现家空了，连条被子都没留下。我打电话去问，爸在电话那边把我一顿骂。你是我妈妈，你本来应该照顾好我的，可那个时候你在哪儿啊？"

说到最后，余菲泣不成声。

母亲在电话那头默不作声地听她哭，冷淡地回："你说完了吗？"

余菲顿时不哭了。

母亲紧接着说："从此，大家都各自过好自己的生活吧。"

余菲心灰意冷。

可日子还得过下去啊。很快，她恋爱了。男朋友性格好，人长得也帅。生活看起来很正常。直到有一天，男朋友跟他妈妈打电话，她无意间听到了。

男朋友的妈妈问："你最近谈恋爱了吧？"

男朋友看看在旁边的她，笑着回复："妈，你咋知道的啊？"

电话那头紧接着传来属于妈妈的嘱咐："谈恋爱可以，得认真看看她的家庭背景啊。可千万别找单亲家庭的小孩，心理都不健康……"

真刺耳。

很多年后,余菲早就忘记了和初恋男友相处的细节。这句"单亲家庭的小孩,心理都不健康",她记到现在。这句话让她原本以为"我和你们一样"的信念摇摇欲坠。

如果,我和你们不一样。那我,应该什么样?

那时候父亲的生意越做越大,有人开始给父亲送话剧票,父亲拿到票随意放在客厅的桌子上。她发现没有人对这些票感兴趣后,就自己跑去看。在舞台上,她看到了生活的另外一种可能性。她意识到,通过演戏,可以过另外一种人生。

她不想做自己了,她想演别人。她打算高考后,进入大学学表演。一切听起来都充满希望。然而,余菲最终没有上大学。余菲考上大学这年,父亲得了癌症,早年红火的生意一落千丈。

父亲对她说:"你已经成年了,我对你的义务也尽到头了,从此我不会为你再花一分钱。"于是,余菲从北京回到山西找母亲。她回到山西家中,还是理所应当地住在三室一厅的主卧中。母亲知道她的来意,只说:"你跟着你爸过了这么多年,也享受了这么多年。我有没有钱,你应该也知道。"

余菲要钱的话,再也说不出口。她两手空空地从北京来到山西,又两手空空地从山西回到北京。

余菲18岁那年,父亲在他建立的另一个家庭系统的陪伴中,走向了生命的终点。余菲和在北京家庭的微弱联系,彻底消亡。她成绩原本不好,那时候年纪小,上不上学的她也不是很在乎。

18岁，无人照拂的余菲正式踏入社会，独自开辟生活道路。

第一份工作是做礼仪小姐，每天都穿着礼服，一站就是十几个小时。累是累了点儿，可报酬相对较高。那时候很年轻，一切都是新鲜的。每天下班，她想的都是去哪里玩，吃什么，从来不考虑未来，那真是一段充满生命力的日子。

很快到了年底，圣诞节对于信仰天主教的人是个严肃的节日。余菲家信仰天主教，这年的圣诞节她也打工一段时间了，手里存了一笔钱。她高高兴兴地去礼品店，花了1500元给母亲挑了一条项链，打算回山西和家人一起庆祝节日。

买完礼物坐地铁去上班的路上，她接到了姐姐的电话。姐姐说："有件事，思来想去，我觉得应该让你知道。当年四姨得了子宫癌，爸给她拿了两万块钱治病。后来，四姨知道你上学需要用钱，把这笔钱给了咱妈，让她拿来给你上学用……"

那天，余菲再也不想过余菲的人生了。

23岁，余菲不上班了

母亲到底爱不爱我？这个问题困扰了余菲很多年。

在她出生之前，父亲因开车撞死人被判入狱，服刑5年。

父亲出狱后,怨恨母亲没有缴纳和解金,导致自己失去自由。哪怕他知道母亲没有能力承担这笔钱。父亲开始频繁地对母亲暴力相向。在父亲又一次对母亲施暴时,5岁的余菲勇敢地站出来保护母亲,却被父亲一巴掌扇晕在地。

就这样,余菲从小看到了母亲的苦难。她想对她好,哪怕母亲从未以她期待的方式爱过她。当她开始工作后,拼了命地赚钱,就是为了掏心掏肺地给母亲花钱。当时,余菲天真地认为只要给母亲花钱,她就会爱自己一点儿。

19岁,她去上海做展会礼仪模特。余菲的美貌,在展会上成为别人调侃的话题。一开始她会觉得难堪,可这笔钱又不得不赚。生活的磨砺教会她反击,哪怕以一种不得体的方式。别人调侃她,她用更为激烈的方式调侃回去。

她张牙舞爪地讨生活,获得了应得的经济回报。比如,她可以毫不犹豫地花两万五给母亲买手镯;在母亲生病住院时,拿出5万缴费;更不用提平时节假日给母亲订花买蛋糕的花费。19岁的余菲笨拙地用自己的方式爱母亲。母亲心安理得地接受,对外宣称:"这是两个女儿买给我的。"

20岁,余菲在展会上认识了第二任男友,她陪着他从上海回到福建。那是余菲人生中少有的不需要为生计奔波的日子。男友认真地向她提出结婚。他比她年长,多年在证券交易领域的拼搏,使他积累了相当可观的财富。他遇到余菲的时候,有能力也有意愿照顾这个年轻的女孩。从各方面来看,他都是一个很好的结婚对象。只要余菲愿意，她的生活似乎可以安定下来。

余菲不愿意。

她从福建回到北京，再次面临着在物质和情感上都需要自我支撑的局面。没有学历，她的生活好像被卡住了。疫情封锁，她开始独居。失眠的情况逐渐恶化，余菲开始在半夜去喜马拉雅听书。

听得多了，她开始琢磨，他们能讲，我为什么不能呢？那时候网络直播正火，她随意选了一个直播平台，打开手机就开始对着屏幕说话。第二个月，她买了专业的直播设备，每天的直播时间从几个小时到十几个小时。她开始在每晚下播后，在网络上研究下次直播要谈的话题和内容，并且整理成文稿。

这样的生活从 2020 年年底持续到了 2022 年年底。两年间，她每天都高密度地说很多话。生活的阅历、对他人的同理心以及对时代热点的深刻洞察，使她在众多主播中脱颖而出，月收入最高曾一度达到 30 万。在直播生涯中，她积累了可观的财富，但也付出了沉重的代价。为了做好直播，她始终保持着对互联网信息的全盘接纳，直到失去对自己生活和内心的掌控。她努力回想这两年的主播经历，唯一鲜活的记忆是，直播时第一次收到网友送的火箭，她在下播后才知道一枚火箭价格是 1000 元。

也正是在这段时间，她回山西买了一套房子。拿到房产证后，她把它随意地收了起来。直到某一天，收拾屋子，无意间又翻到它。她打开看到上面印着自己的名字。那一刻，她才意识到自己有家了。她摩挲着房产证上的名字，站在屋子里哭得像个孩子。

2023年，疫情结束，封锁成为遥远的记忆，人们纷纷走出家门，庆祝某种意义上的新生。这一年，余菲23岁，她"报复性"地待在家中，拒绝加入人群的狂欢。她不确定，自己是否想通过这种方式，把12岁那年掉落在地上的尊严重新捡起来。唯一确定的事是，她在屋子里感到无比安全。这段时间，她在屋子里囤积了很多物品，衣服想怎么晒就怎么晒，想睡到几点起就几点起。有一天，她意识到自己最长有两个月没有出过门了。独处的日子，她时常会因为回忆起小时候的经历而不由自主地流下泪来。每当这时，她就会用屋子包裹起自己，以此获得短暂的慰藉。独处久了，也不见得是件好事。她心里明白，还是应该和人接触。可她仿佛陷入了一种机械的循环，无法打破自我设限。

直到舅舅和舅妈来北京看病，暂住她这里。这短暂三天的相处，余菲都很平静。把他们送走后，余菲回家打开冰箱，无意间拉开冷冻层，发现上面的霜冻已被舅舅悄悄清理过了。

那一刻，她又哭了。她得承认，这么多年，她其实一直都很渴望家庭的温暖。

这一年，余菲 23 岁，如果从 15 岁初中升高中、去火锅店兼职的那个暑假开始算起，她已经工作了 8 年。23 岁这年，她发现自己内心匮乏而少有饱满的时候，生命力迅疾地离她远去。

余菲决定不上班了。

余菲带着母亲，亲自为她选了一块墓地

2023 年年底，余菲从北京搬到了山西太原，住在自己买的房子里。

她根据自己在生活中摸爬滚打的经历，得出对爱的理解。以此对照，在生命的这个阶段得出母亲并不爱自己的结论。余菲想，母亲不仅不爱她，她连自己都不会爱。

她依旧对她好。

这一年，母亲进了两次医院，她忙前忙后地照顾，给予经济支持。两个人也终于能够坐下来正常地说说话。

她说："你看，这么多年你怎么没想过再婚呢？"

母亲说："我带着两个女儿，再婚人家会在后面戳我的脊梁骨。"

她就笑，"那你没儿子，也没丈夫，以后死了怎么办？"

母亲慌张得不知所措。

余菲说："我给你买一块墓地吧。"

母亲很高兴,"行啊,这样我也知道自己的归宿了。"

余菲带着母亲,亲自为她选了一块墓地。

有很多事,她还是没有找到答案,不过,为什么所有的事都必须得有答案呢?这一年,她释然了很多。偶尔想念北京时,她会买一张票回去,去剧院里看看戏。这一年,她还演了两部小剧场话剧。她也会主动约朋友见面吃饭,不过,大部分时候,她都待在太原家里。

有时候,她会随意在街边拦一辆出租车,假装是外地人,让司机给她推荐一些山西的好吃的。有次,司机真的带她去了一家很好吃的面店,她惊喜了很久。她还是失眠,不过相较于之前一边失眠,一边充满对失眠的恐惧,她逐渐放下了对失眠的恐惧,接受了失眠这件事。有一天凌晨,她又失眠了。她想起很久之前,自己喜欢爬山,突发奇想地走出家门随意拦了一辆车,让司机带她去最近的山。司机带她去了,她也爬了山。结果从山上下来之后,她突然发现自己的居所就在山附近。

这一年,她在太原的日子大部分都很平常。虽然还是和北京一样独居,但好像有什么东西不一样了。比如,她现在在客厅看电视看累了,就直接睡在客厅。想出门旅游或买什么东西时,不需要像以前一样瞻前顾后,而是直接付钱。

生活到底是有变化的,和以前比,现在她有选择了。

偶尔,余菲会想起高中去芳草地卖娃娃的工作经历。她想起，那时候自己明明还是个孩子，却穿着高跟鞋，抹着口红，假装成大人。一想到这里，她就想笑。笑着笑着，她发现自己竟然有些怀念那段时光。倒不是说那时候生活有多好。你想想，一天要站8个小时，身体上非常累，有什么好的呢？可那段时间，是她最有生命力的时候。

日子一天天地不断地往前过，无法回头。好在，余菲从来没有打算回头过。

4

董家琪

董小姐的爱情"童话"

2021年，演员董家琪出演的纪录片《"炼"爱》公开放映。在这部讲述5位未婚未育"大龄"女青年情感状态的纪录片中，董家琪因在片中不设防的生活状态和情感表现，在网络上引发了诸多讨论。

在纪录片之外，她承担着一定的"网络暴力"。然而从另一角度来看，这些"网络暴力"也给演员董家琪带来了广泛的关注。有趣的是，纪录片曾无意间拍下了她和姥爷姥姥相处的影像。在姥爷姥姥已然离世的当下，这段家庭影像愈加凸显出价值，"网络暴力"反倒显得无足轻重。基于记录的情谊，她和父母对纪录片的拍摄经历心存感激。

对拍摄纪录片前后经历的意义解读，完美地阐释了董家琪的生活和爱情哲学：保持简单，不要随波逐流，一个人的价值观和快乐，总是需要和自己的处境相适应。

为了真实地呈现董家琪的生活和爱情哲学，请允许我把和她的交往用亲昵的日记文体呈现。

11月23日,星期六

电影《好东西》昨天刚上映,我就去看了。和前作《爱情神话》一样,导演一如既往地关注女性的生存处境。毫无疑问,《好东西》是一部好电影。但它最吸引我的部分在于,影片通过拟音师小叶和眼科医生的爱情模式,忠诚地展示了现实生活中,广泛存在的现代"速食爱情"现象。

这种"速食爱情",通过网络交友软件建联,只要双方在线上聊得投契,就从虚拟世界过渡到现实见面,并快速推进关系。令人感慨的是,大部分当事人发生关系后,也没有确立情侣关系,情感连接也大多浅尝辄止。现代人似乎默许了这种情感背后的逻辑——凡是能给人带来快乐的,就是好东西。

今天中午,我和家琪见面也恰好谈到这个话题。对了,家琪全名叫董家琪,是我最近认识的朋友,也是一位演员。她因参与纪录片《"炼"爱》而被大众熟知,并因在影片中真实的情感表现,成了网络讨论的焦点,甚至不可避免地遭遇了"网络暴力"。我记得第一次见面时,有人问她怎么看这泼天的流量"富贵",她伸出两只小手,往胸前一摆,跷着小拇指的双手往外一翻,再那么轻轻地一拍,歪着头笑着说:"我兢兢业业地演了20来年的戏,没想到竟然因为'恨嫁'被全国人民认识了。"我被她逗得乐不可支。没过多久,我们就成了朋友。

今天见面时我问她:"现代人真的不愿意建立稳固的情侣关系吗?"家琪的回答却让我有些意外——现代人比以往任何时候都更渴望爱情。她认为,随着都市生活节奏的加快,表面上看,大家都忙得不可开交,仿佛没有时间建立真正的情感连接;然而,内心的孤独和渴望在不断积累。与此同时,社交媒体和约会软件的普及,加速了情感的表面化与即时化,反而让情感深度稀释,关系疏远。

家琪说得没错。现代人对爱情的渴望并没有减少,反而因为环境的变化和个体的孤独感,变得更加迫切。"速食爱情"模式,让爱情的维度变得更狭隘,失去了许多深度和持续性。更不要提这种模式中潜藏的健康和安全风险了。

只是像《罗密欧与朱丽叶》的爱情"童话",在现代还有存在的土壤吗?

"相信,才会有机会。"家琪不假思索地回答。因为她亲眼见过这样的爱情。姥爷和姥姥是青梅竹马。姥爷遇到12岁的姥姥时,就认定了她,到了法定结婚年龄,两个人结了婚,相濡以沫走到了现在。到了晚年,姥爷生病,姥姥会支起一张行军床，彻夜照顾他。而无论时光如何变迁，在姥爷眼中，姥姥都是最美丽的。每次家庭聚餐时，姥爷都会记得妻子的喜好。姥姥喜欢吃鱼，姥爷每次都会把刺挑好后，喂给她。爱情的证据，藏在日积月累的生活细节里。

家琪父母的婚姻也是这样。两人是大学同学，虽说结合的过程经历了波折，可他们还是携手相伴走到了今天。她的舅舅和舅妈也是如此。姥姥在世时，对于家琪的婚姻大事，只轻轻地说一句："我们开始得太早，你们开始得太晚。"温和地表达了对家族中晚辈的关心。

因此，家琪相信，"一生一世一双人"的爱情跟年代没关系，而是跟人有关。你遇到了一个人，两个人一起去创造出爱情。也许这个观点放到现在来看，有些不合时宜，可家琪相信。

家琪说，有一天她和父母一起出门散步，无意间落在二老背后，看到他们手牵手走在前面。那一刻，她看到了关于幸福的模板，并且坚信自己也会拥有这样的幸福。

家琪对爱情的理解，让我想起一部叫《莫斯科不相信眼泪》的苏联电影。电影中，生活在莫斯科的女主角卡捷琳娜在40岁时，终于迎来了爱情。在故事的最后，她说："相信我，一切都会向最好的方向发展的，生活在40岁开始，听起来很老套，但是是真的。"

谁说不是呢？

11月26日，星期二

北京今天下雪了，这意味着这一年也快要结束了。

今年年初，我的一位女性好友临近30岁，在年龄和生育焦虑的双重驱使下，把自己置身于相亲市场，并定下了一年之内快速出嫁的宏大目标。从立下誓言的信心满满到最终铩羽而归，不过3个月的时间。最近她幻灭地说："成年人的世界没有爱情，只有条件。"

大部分现代人都面临过这样的处境。"20多岁的时候，我想的是30岁之前把自己嫁出去，并且生个孩子。但是没有实现。30岁生日，我是一个人在希腊过的。在希腊帕特农神庙前，我痛哭一场。我的梦幻破灭了！"演员汤唯35岁订婚接受媒体采访时说。

30岁焦虑，意外地对所有女性都很公平。不管出身、职业、外在成就如何，只要30岁还没有嫁出去，并且有结婚的计划，就要接受社会挑剔的审视，甚至会内化外在标准，自我贬低。

看到大家的经历，我已无法分辨"30岁就要结婚"是社会的要求，还是源自个体内心的渴望。可细究下来，大部分人其实并不排斥婚姻，只是没有恰好在30岁时幸运地认识到合适的人而已。

那晚，我在微信上问家琪是否经历过这个阶段，她很快发来一段长长的语音。她的声音软软的，就和我们初次见面时，她穿着的 Hello Kitty 粉一样的鲜亮。她笑着说："我想想啊，好像 30 岁的时候，确实想过'打折出售'自己。尤其是看到身边的朋友都早早地结婚了，就你一个人还单着，有一种被丢下的危机感。那时候想随便抓一个人结婚，这样就不会被别人视为异类了。"

不能被视为异类。

家琪喜欢穿粉红色，喜欢 Hello Kitty，喜欢从一而终，喜欢涂漂亮的指甲油，喜欢和父母撒娇，喜欢说话软软的，也喜欢被父母宠成小公主。虽然她本人在待人接物上，总会优先照顾好别人，可因为三十几岁没有结婚，这些都被视为她是异类的证据。作为独生子女，她和父母生活在一起。有一次，吃完饭，她去厨房刷碗，母亲看到后调侃地说："妞妞，你会刷碗啦。"纪录片《"炼"爱》记录下了这一刻。

平平无奇的日常生活场景，经过大众媒介传播，成为家琪嫁不出去的理由。网友涌到她的社交媒体的评论区评论："都三十好几的人了，还不会刷碗，难怪嫁不出去。""都这把年纪了，还提啥要求啊？有男人要你就不错了。"与此同时，"你会刷碗啦"的视频切片，挂满全网。

舆论快速发酵，又有网友把《"炼"爱》中，家琪讲择偶标准的视频片段摘了出来。"男生要 180 以上，眼睛大，皮肤白,还要有自己的事业。"这些条件和她的年纪摆在一起,成为大众茶余饭后的笑谈,大多数观点都在表达"都多大年纪了,要求还挺高,脑子有问题"。

借着这位女性友人的相亲困境,我问家琪,面对这些不太友善的言论,会不会觉得难以承担。家琪难得地提高了声线:"正常人看到肯定生气啊。刚开始那一周,我都不想出门见人。评论我的话倒还好,可很多评论都牵扯到父母了。把我气得呀,当时就把网络暴力的人的账号记下来,要给他们发律师函。"

拍摄纪录片的导演董雪莹是家琪的好友,得知她遭受"网络暴力"后很愧疚,也很担忧地询问是否能为她做点儿什么。家琪反而很镇定地宽慰导演不要担心,自己能够处理好。在牵扯到他人时,她总是希望做到面面俱到。在开始的愤怒过后,她第一时间想到的是,保护好父母,不让他们上网看到"污言秽语"。表面上,她表现得无所谓。但私下里,她总是难以控制地反复咀嚼那些评论。

这个阶段并没有持续太久,有一天早上,她醒过来突然想开了:"他们是不了解我才会这样说的,那我跟他们对话,让他们理解我就可以了。"于是,她开始在评论区和写恶评的人对话,告诉他们:"姐姐不是这样的人,那些恶意剪辑不能代表我。"也许这个办法奏效了,评论区里的恶评好像真的变少了。

我真的挺佩服家琪化解困境的能力的。她笑着又发来一段语音:"不过,我现在反而会感激拍了这部纪录片呢。"

这也未免过于大度和宽容了，为什么呢？

家琪说："纪录片是 2019 年拍摄的。拍摄完成后，我姥爷和姥姥就先后去世了。现在回看，我们全家都很感谢这部纪录片，它记录下了姥爷姥姥最后和我们相处的影像。这多珍贵呀。"

要不怎么说，地球得靠乐天派才能转起来呢。

在谈话的结尾，家琪说："现在我已经不担心会被视为异类啦。《'炼'爱》的导演还在筹备婚后生活的纪录片，我打算努努力，争取到时候再上一次。"

我由衷地为家琪感到高兴。也希望那位刚刚 30 岁的女性好友，以及每一位正在经历这个阶段的朋友，不分男女，都能够尊重自己的内心，在自己的节奏中，遇到真正适合自己的缘分。

11 月 30 日，星期六

年底和许久未见的朋友们在西四 1901 咖啡馆小聚，这间有着百年历史的三层哥特式建筑，有一种让人重回历史现场的魅力。在咖啡味和阳光交错的光影里，我们有一搭没一搭地随意闲聊。

咖啡馆里人来人往，光影逐渐暗淡，大落地窗外月亮的清辉洒在木质咖啡桌上，在暖洋洋的安心感中，我把自己陷入沙发，放松地沉浸在梦境和现实的边缘。恍惚中听到朋友冷不丁地抛出一个问题:"哎,如果知道跟一个人的恋爱没有结果,你们还会愿意开始吗?"我不假思索地回答:"为什么不愿意呢?"话题转瞬即逝,大家又谈起其他话题,直到讨论陷入沉寂。

离开咖啡馆后,我独自一人走在西四丁字街的回家路上,冷风一吹,整个人都清醒了许多。刚刚那个问题反倒浮现出来,"在明知一段恋情没结果的情况下是不是要开始"似乎并不是一个简单的选择,它触及了人们对爱情价值和意义的理解。

我想到上周六跟家琪见面时,她提到自己的上一段恋情。前年,她和小时候恋爱过的男友,在因缘际会中重建了联系。两人再次见面后,家琪发现他眼睛大,皮肤白,完全符合自己的择偶标准。同时两人都是北京孩子,成长环境相似,更重要的是他们依旧会对对方心动,顺其自然地在一起了。

双方抱着最大的诚意,期待可以携手参与彼此未来的人生。然而,恋爱一年后,两人决定分开。没有什么大的争执,也没有第三者的插足,更没有什么人品的问题。那么,为什么要分开呢?

"性格不合。"家琪淡淡地说。

演员的职业性质需要家琪长期外出工作,而且她也喜欢和朋友们相聚,去不同的地方旅游。可男友却是一个很安静的人,没事的时候,就喜欢在家中看看书和电视剧,他自身社交也稀少。一开始两人都很珍惜对方,可随着相处的逐渐深入,男友不理解家琪在不工作的时候,为什么总是和朋友一起旅游聚餐。家琪也觉得总是待在家里很无趣。在这段关系的最后，男友反而成了患得患失、没有安全感的一方。

在做出分手的决定前，家琪不是没有试过把男友介绍给自己的朋友。她带着他参与聚会。在聚会中，当她和朋友们热热闹闹地玩耍时，男友却安安静静地坐在一旁看小说。出于对家琪的爱，男友尝试过融入她们的玩闹。可这样做，在聚会结束后，男友会觉得疲惫不堪，家琪看着他这样也很心疼。后来，她也尝试过加入男友的朋友圈，但男友的朋友跟他性格一样安静。看着一大堆人干巴巴地坐着，坐不住的家琪就想办法让大家活跃起来。这样做，聚会结束后，她也疲惫不已。

痛定思痛后，家琪主动提了分手。两个成年人，都为彼此做出了努力和尝试，已经能够坦然接受不能同路的结果。他们都衷心地希望对方找到更适合自己的幸福，体面地退回到朋友的位置。

月光下，街道两旁的树影交错成一道道斑驳的阴影。我鬼使神差地给家琪发去了消息："如果知道上一段恋情没有结果，你还会开始吗？"

走到家门口，聊天框弹出家琪的回复："以恋爱而言，在一起是结果吗？结婚生子是结果吗？不是的，后面还有剧情要发展。哪怕我们不存在了，这个世界的剧情还是会继续发展的。因此，重要的不是要不要开始，而是在一开始就抱有双方都是奔着好结果去的信念，相信你们可以永远地走下去，不是吗？"

　　我忍不住笑了。是的，相信不意味着确定，而是一个人在面对未知的结果时，依旧愿意放开自己，去接受另一个人的独立与差异，在尊重与理解的基础上共同成长，相信双方有能力去创造一个更好的未来。

　　月亮高悬中天，夜深了，而我有预感，今晚会做场甜梦。

12月7日，星期六

　　"每个人都有秘密。"当我们决定对别人有所隐瞒时，就会拿这句话为自己开脱。可一旦自己成为被隐瞒的那一方时，这个简单的真理就变得难以忍受了。

　　一位刚刚生了孩子的朋友义愤填膺地跟我抱怨，丈夫最近以加班为由不回家，睡在车里躲避育儿责任。我问她怎么知道时，她支支吾吾地说是无意间翻看他的手机，看到了停车支付费用，又偷偷跟踪他发现的。

　　这让我回忆起关系中常见的隐瞒，迫切地给家琪发了信息，想知道她会怎么看这个问题。家琪没有直接对这件事做出评价，而是分享了她的经历。

　　家琪说，她以前会理所应当地认为在亲密关系中，两个人应该坦诚地参与对方的生活，就像手机作为私人空间的一部分,更应该毫无保留地敞开。当时她跟一位男性朋友说:"我会要求看他的手机。"男性友人对她说:"那么当你选择看手机时,他会在见你之前,先把手机清零。"现在,随着阅历的不断增长,她逐渐意识到每段关系中的每个人都需要独立的自我空间,尤其是在亲密关系中。

"在原则问题上坦诚相待没错,可有些时候,为了让一段关系能够延续下去,我们需要一些独立的自我空间。这是对双方的保护。"家琪最后给出结论。

直击心灵。我把家琪最后的这段话,转发给了那位朋友。

"对了,我现在已经长大了,早就不看手机了。"家琪又发过来一条新的信息。

不愧是董家琪。

12月15日,星期日

今天发生了一件让我有些意外的事,家琪主动打来了电话。

"你有生育焦虑吗?"她直截了当地抛出了这个问题。

"怎么了?"我反问道。

可能是年末的缘故,回首这一年,很多人都希望自己的人生能够有所突破。尽管家琪一直是个乐观的人,但这一年她独自走过,心里对未来的渴望愈加强烈。她一直想组建自己的小家庭，渴望结婚和生孩子。明年就要步入40岁了，她开始感到一些生育上的焦虑。

家琪的父母虽然都很开明，不会因为年龄等因素给女儿施加额外的压力。可他们也会旁敲侧击地问问女儿的意愿。

家琪不明白，自己性格又好又独立，原生家庭和谐，从12岁就出国留学，怎么快到40岁了，连个对象都没有呢？说不焦虑是假的，毕竟她可以等待白马王子，可年龄在那儿摆着呢，她心底里还是想要个属于自己的孩子。

父母那边介绍的对象不适合自己，那她就主动出击，积极参加相亲。可参加了两场社会相亲，她更难受了。"你知道吗？所有人都坐在一个圆桌旁。跟机器人一样，先说自己叫啥，哪儿人，什么职业，名下有几套房。几分钟介绍完之后，又换另一拨人，继续重复以上内容。我真是如坐针毡。"家琪在那边控诉自己过去一周的经历。

"大家不停地在不同的桌子上换位置，你知道吗？谁都记不住就算了，关键是我还没有吃饱饭。"说到最后一句，家琪突然在电话那边被自己逗得笑了起来。

末了，她问："你说我是不是不适合这种相亲方式？"

我也被她的自我调节能力逗笑了，"你确实不适合这样目的性很强的方式。不过，如果确实遇不到合适的人，生育又迫在眉睫，你会怎么做呢？"

电话那头陷入一阵沉默，就在我以为是不是她挂了电话时，家琪的声音坚定地传来："我还是不会因为年龄到了，随便找一个人凑合着过的。这既是对自己的负责，也是对生命本身的负责。我依旧相信，合适的人会在合适的时间出现，我会保持耐心和开放的心态，继续寻找。"

我很佩服她的勇气，只是实在无法为家琪提供更多切实有效的建议。此刻我反而更希望听到她在这个生命阶段的看法，因而问道："你有没有为未来的家庭生活做一些准备呢？"

家琪似乎逐渐摆脱了焦虑的情绪中，她清晰地回复道："身边有一些女性朋友会选择利用科技手段冻卵，也有一些已经结婚生子的朋友告诉我，'以后，我的孩子就是你的孩子'，更重要的是部分和我一样没有结婚的朋友说，咱们可以一起抱团养老嘛。这么一看，好像也没什么可焦虑的了。"

是啊，有什么可焦虑的呢？生活并不总是由我们掌控，我们可以通过面对问题，逐渐变得不那么慌张。毕竟谁也不知道未来会发生什么，而心怀希望，积极行动，总不会错。

12月31日，星期二

自从上次跟家琪通过电话后，好久没再联络。不过，看她的朋友圈，今天去这里旅游，明天去看看不同的展览，这完全是按照内心的指引，把生活过得丰富又自足。

人怎么能独立洒脱成这样呢？我不想把这个谜留到明年，试探地约她见面聊一聊，她爽快地答应。在 2024 年的最后一天，我们又见面了。

依旧是约在西四的 1901 咖啡馆，一身粉红色的她，活力满满地出现时，这个充满历史感的空间都被赋予了某种鲜亮的色彩。而我也在看到她戴着粉红色帽子出现的那一刻，心情瞬间被点亮，就连紧绷的脸皮都随着嘴角咧开的弧度，荡漾着松弛开来。

她表现得就像我们天天见面一样，熟练地坐下来，眉眼弯弯先笑了起来，"我最近可忙啦。"她先开了口。

我被她感染，也笑了，问："忙啥呢？"

她亲昵地拿出手机，神秘兮兮地说："你看，花花。"

一只胖得脖子都看不出的大狗照片。

"你养的狗啊？"我问。

"对啊，养了 10 多年了。还是之前去河北拍戏时，遇到了一只小狗，当时可黏我了。拍完戏，我要走了。它还往我身上凑。当地人说，这是一条流浪狗，它这么黏你，要不你把它领养了吧。这才养了它，都是缘分。"她兴高采烈地分享着和花花的故事。随后，又翻动着手机给我看其他动物的照片。对于一个家庭而言，养这么多动物多少是有些奇怪的，而且怎么每一只动物和她都有一段故事。

"你是开了一家动物园吗？"我好奇地问道。

她拍着手笑了,一副"就等着你问呢"的俏皮得意,"还真是。妈妈和她的一个朋友,在河北建了一个小动物救助基地。就因为妈妈喜欢小动物,我们家里养了十几只动物呢。"

我了然,"哦,原来你最近忙的就是这个事啊。"

她把手机放下,又伸出两只小手,轻轻地一拍,"啪"一声,"对啊,我有时候也会帮我妈遛狗,帮她照顾一下这些毛孩子。毕竟谁让我这么爱干净,又会收拾。"

见面不到5分钟,我被她逗笑了好多次。可也没有忘记这次见她的目的,我说:"家琪。"

也许是看我态度严肃,她也收起了玩笑,一双大眼睛安静地看着我。

"你怎么能一直这么有亲和力呢?"我问道。

"嗨,我还当是什么大事呢,你这么严肃。"她又回归到那个放松的自己,不过却丝毫没有回避我的问题。

"我想知道,你是经历了什么才能这样强大又温暖的?"我接着问道。

她停顿了一会儿,又不慌不忙地梳理起了个人历史,"该从哪里说起呢?"

家琪12岁,被父亲送到温哥华去上学。她刚到温哥华时,父亲的态度是,除了保障生活和安全,学习就要靠自己。因而她只能一个人在人生地不熟、语言又不通的环境里,克服困难,面对挑战。

没有畏难情绪是假的，刚到那半年，她天天哭，可哭有什么用呢，解决不了问题。那时候，她无意识地把老师上课讲的话记在脑子里，回家之后反复琢磨。半年后的某一天，她突然发现自己自然而然地就能听懂别人在说什么了。

"这段经历可能无意间，锻炼了我的韧性和独立生活能力。"讲到这里，家琪若有所思地总结道。

好景不长，因为母亲在国内创业失败，家中破产了。家琪在温哥华的生活变得艰难，一周只能吃白菜的日子，她也经历过。雪上加霜的是，她还遭遇了校园霸凌。"不过，这件事对我影响并不大，因为帮助我的人也很多啊，朋友们经常给我好吃的。面对霸凌者无礼的要求，我也没有屈服。"谈到当年的事，她甚至有些小得意。

18岁，家琪回国，想去学表演，父母虽然表达过对家琪未来生计的担忧，可了解到家琪是真心喜欢后，还是尊重了她的意愿。毕业后，她如愿以偿地演了戏，也遇到过所谓的"潜规则"邀请，可这些都被懵懂的她阴差阳错地化解了。

她事后回想起来，发现很多事"其实不像外界说的，你接受了'潜规则'就会有更好的机会。反而是你认真研究剧本，好好演戏，才会赢得别人的尊重，得到更多机会"。

我不禁对她肃然起敬。

最后，我还是问回了那个全国人民都关心的问题："家琪，你还追求爱情吗？"

家琪莞尔一笑,"永远相信爱情。不过不追求,只顺其自然地去遇见。"

女士们,先生们,我和家琪2024年的故事马上就要结束了,而董小姐的爱情"童话"在2025年,会书写新的篇章——我也相信。

5

李兀

主持人的"双面"生活

从事业单位辞职后,李兀决定前往北京追寻成为主持人的梦想。然而,随着他深入娱乐行业,过度关注青春与外貌的"风潮"让他在职业理想与衰老焦虑之间挣扎,逐渐迷失自我,陷入迷茫。

与此同时,直播带货行业的崛起与AI(人工智能)技术的不断进步,对李兀曾经引以为傲的职业理想和职业道德产生了强烈冲击。他在屏幕内外的生活也逐渐呈现出愈加分裂的状态。

李兀的故事不仅揭示了现代社会中个人职业发展的不确定性,更深刻反映了个人理想与现实压力、职业转型与生活平衡之间错综复杂的关系。或许,更值得深思的是,在已经到来的高度数字化时代,我们该如何在虚拟与现实之间寻找到真正的自我?

一个充满自我怀疑的人

屏幕背后有很多不为人知的东西。

隔着电子屏幕的距离,聚光灯追随并放大美貌和年轻的魅力,它让人们无视时间的自然变化,视"衰老"为一种异己的力量。

在聚光灯的审视下,逐渐变老这一天然的过程,变得极其令人痛苦。

对主持人李兀而言,痛苦是从那次主持开始的。

他像往常一样去主持红毯,明星出场顺序、采访内容和活动流程早提前确定好了。一切都进行得很顺利。主持过程中,导演对红毯嘉宾的出场顺序做出了些微调整,有着丰富主持经验的李兀应对自如。

他向来自信满满。面对不同的明星,他都能毫不怯场地侃侃而谈,同时也能配合导演安排,给不同的明星不同的采访时间。在明星感受和导演的时长安排之间,维持微妙的平衡。活动结束后,导演在耳麦里对他说:"辛苦主持人,做得不错,下次有机会再合作。"

李兀很高兴也很满足。在卸妆的当口儿，他一边和化妆师闲聊，一边在社交网站上看主持活动的最新物料。不出所料，已经有到场的粉丝拍了明星照片发布到网上。李兀欣赏着这些照片，得意又自豪。

其中有张照片是粉丝从靠近李兀脸的角度，拍下了他和明星同台的瞬间，照片下的点赞和评论热度很高，自然被推到话题的榜首。他随意点开评论区，第一条评论猝不及防地蹦到眼前："看明星的脸有多小，比主持人脸的一半还小。"

一开始李兀没有当回事，他放下手机，继续跟化妆师闲聊。可不知道为什么，不一会儿，他又鬼使神差地点开了评论区，他发现这条评论的点赞量不断上升。他在这条评论下打字回复："越靠近镜头脸越大啊。"写完又删除，终究没有发出去。

放下手机，李兀对着镜子，左右转着头，不断审视着镜子中的脸型。

化妆师安抚他："李老师，咱们马上卸完了哈。"

李兀冷不丁地问："你看我这张脸是不是有问题啊？"

化妆师愣住了，也盯着镜子里的李兀，看了半天，迟疑回复："您看哪儿还没卸干净，我再重新来一遍。"

李兀没立刻回复，他用双手挤着脸，眼睛没有离开镜子，过了一会儿问道："你觉得我的脸大吗？"

化妆师仔细看过他的脸，说："我瞅着，也不大啊。"

李兀没吭声，他吸了吸两颊的肉，试图让脸看起来小一点儿。

化妆师不确定地问："那我再给您擦一下脸？"

沉默了一会儿后，李兀摆摆手示意不用。

化妆室的气氛冷了下来，化妆师快速做完最后一道卸妆工序后，告别走了。

确切地说，李兀就是从这一刻慌起来的。

他格外注重脸型。很快，他发现全身上下好像哪儿都有问题。以前，主持前一晚，对完流程，他都可以睡得很好，第二天活力满满地去工作。现在，主持前一晚，他常常坐在镜子前仔细端详着自己的脸。"糟糕，这里多了一条颈纹""肚子这里是不是有点儿凸起来了，我今天白天吃了什么？该死，临睡前多喝了一杯水""黑眼圈好重啊，这样上镜是不是更难看了，明天的艺人又是 00 后"……他恨不得把镜子砸了。

这些念头，从来不肯放过他。

李兀逐渐意识到，如果想做职业主持人，在这条道路上走得长远，必须开始和衰老对抗，做好身材管理。他开始每天早上喝一杯咖啡，只吃中午一顿饭，晚上吃一根黄瓜或一盘西红柿。这样的生活状态已经持续了五六年。在保持这样的饮食结构的同时，他还常年有规律地健身。依靠这样极端的自律，身高 182 厘米的他，成功地让自己的体重保持在了 120 斤左右。

然而，危机并没有解除。时间一直在向前推进，不断带来新的挑战与变化。主持行业的工作机会，一部分来自主持人自己在行业内积累的知名度，一部分来自主持人自主递交的"模卡"。"模卡"类似于普通人求职的简历，只是更强调个人形象的展示。只有"模卡"筛选通过后，主持人才能进入面谈环节，和活动方建立直接联系。一旦进入面谈环节，得到工作的机会就更大。

曾经有一位了解李兀但并不在这一行的朋友，对他越来越频繁的外貌焦虑感到不解。朋友宽慰他："你看起来状态很年轻啊，何必这么在意呢？"

李兀更焦虑了。他来到北京进入主持行业11年，拥有丰富的主持经验。因为刻意保养，他的外表很青春。然而，主持人选的"模卡"风格常常跟随潮流变化，李兀常常感到迷茫，不知道自己应该呈现什么样的造型风格。每当这种不确定感袭来，他就愈加担心——一旦造型不到位，活动方很可能直接认为他缺乏活力，无法与同台明星或采访嘉宾产生足够的"化学反应"。这种容貌焦虑时常困扰着他，让他无法停下对外貌和形象的完美追求。

如果展示自己真实的模样，李兀可能会错失工作机会。

主持行业的竞争也越来越激烈了。之前跟李兀合作过的朋友，欣赏他的专业能力，把他推荐给其他活动负责人。本来工作聊得好好的，负责人也对他表示了欣赏。可有了适合他的机会，负责人却找了其他主持人。李兀跑去问活动负责人："可以告诉我是哪里有不足吗？我也可以继续进步。"负责人回复道："这是因为艺人方指定要求和这位主持人合作。不是你不优秀啊。"

李兀陷入了更深刻的自我怀疑。他开始刻意避免明确地提及真实年龄，直到避无可避。与此同时，职业的危机感让他开始格外注意对外发布图片中的形象展示。"你觉得这张照片可以传递出少年感吗？"修完图之后，他不动声色地询问身边的朋友和工作人员。得到满意的回复后，才会把活动照片发布到公共平台。

除此之外，他试着在公共平台营造一种活泼开朗的人物形象，即使那不是真实的他，或至少不是完全真实的他。比如他会在公共平台上发布更年轻化的个人简介，在文字表达上使用更具有网感的语言等。

面对行业不断变化且充满不确定性的主持人要求，李兀感到束手无策。他常常想，如果自己能拥有100张面孔该有多好。

借着为争取工作机会提交过往主持视频的机会，李兀回看过刚入行时的主持片段。他惊讶地发现那时候屏幕中的自己体重160多斤，已经有了脱发的迹象。跟现在相比，刚入行时，他在视觉上反而是衰老的。他尝试回想起那时候的状态，出乎意料地意识到那时他从来不为外在形象发愁，好像一切都欣欣向荣，过了今天还有明天，日子总有盼头。现在，前方什么都没有。

隔着时间的长河，他暗暗嫉妒从少年心中喷涌而出的蓬勃生命力。现在的他不知道该如何从容面对生命的流逝，他羡慕青春的无畏。

他不知道生活是从什么时候开始失衡的，可他确实在清醒地看着它失衡，无能为力。

屏幕内外的"现实"与"虚拟"

"家人们，今天我们给大家争取到了超级划算的福利！只要9.9元，这3双袜子，就能带回家了！我告诉你们，它亲肤性特别强，有了它，再也不用担心走路会磨脚，有异味。家人们，现在是3双袜子对不对。你们觉得够吗？不够！好，再来两双！够吗？！不够，来，再加1双。今天在这个直播间，家人们听好了，我还送，两管鞋油！家人们，一共6双袜子，两管鞋油，在别的直播间要99.9元，给家人们打折也得49.9元。今天在这个直播间，我们只卖9.9元，9.9元把6双袜子、两管鞋油带回家……"

这天李兀打开朋友发来的直播链接，看到熟悉的同行正在直播卖货。看着他在直播间声嘶力竭的样子，李兀有些恍惚。这时，朋友又发来一条信息："主持人的新出路，只要肯干就有收入，收入还挺不错，怎么样，要不要尝试做带货主播转型？"

那天，李兀看了一整天直播卖货，他听了一些主播的讲解，真的产生了购买的欲望，并且还下单了。

李兀开始主动往带货主播的方向转型。多年的工作经验积累和专业素养，让他很容易就获得了成为带货主播的机会。李兀热爱主持工作，他喜欢那种和别人沟通交流，从不同的人身上学习的感觉。带货主播如果可以让他有机会再次拿起话筒，回到大众视野，他愿意一试。

开播之前，为了更好地完成这份工作，他观摩了很多主播的带货直播，学习技巧。开播那天，他胸有成竹地上场了。商家在当天才把带货样品送到他手上，摸到商品的那一瞬间，他的心凉了半截。商品手感之差，让他有些不知所措。而直播已经开始了，观看人数不断地上升。

他展现出主持人的专业素养，尽心展示商品优点。当他举着商品，给屏幕外的观众展示时，商品刺鼻的气味直冲鼻腔。屏幕外的观众摸不到也闻不到商品，屏幕内的李兀却可以。他不仅知道商品的真实品质，还要不断挑起观众的购买欲望。

"家人们，只要9块9，9块9把它们带回家！"李兀听到自己亢奋介绍商品时的声音，看到手机里夸张的表情，却越来越不认识自己。随着"123，上链接"的购买提示声，商品被一抢而空。在直播现场的手机旁边，摆放着一块观众看不到的提词器，电子屏幕上显示着商品成交量的提成。他清楚地知道这件商品的成本和质量，却还要在屏幕里塑造一件完美的产品。

当售卖的数量越来越多，提成滚动累积的数字金额砸向李兀的一瞬，他有过什么都不想，加入这场狂欢的念头。可每次下播时，货卖得越多，他的心下坠得越沉。

在无数个从热闹的直播现场下播后的夜晚，他辗转反侧。"彻底投身于直播带货是正确的吗？它会不会让我离主持这一行越来越远？如果继续干下去，会不会等行业好起来之后，再也没有人来找我做主持了？"他内心保持着对少年理想的忠诚和警觉。

他的担忧不是毫无根据的。娱乐行业竞争激烈，虽然观众的目光聚焦于明星而非主持人本身，可由于距离光环太近，他仍然压力重重。他去参加活动，接触到娱乐行业的核心人群，自然会了解到演员们的生存困境。有些演员转行成了带货主播，做得风生水起，可他们从此再也没有接到演戏邀约，彻底失去了演戏的机会。

即使是这样，顺利转型成为带货主播的机会，也并非每个演员都能轻易把握住。有些演员带货却没有给商家带来可观的销售额，从此无人邀请。直播带货的行业门槛正在不断提高。

有一天,他刚结束带货主播工作,像往常一样跟活动方打声招呼,准备下班回家,活动方却神秘兮兮地拉着他"一块去看看'新科技'"。活动方带他去了一个直播间,指着直播屏幕说:"李兀,你看看这个主播怎么样?"他看了一眼,心想,这人怎么这么机械化,像个机器一样。过了一会儿,他突然惊恐地意识到,这是 AI 机器人。他的头发"噌"的一下竖起来了,惊讶地向活动方确认:"这是……AI?"

活动方看着他,得意地笑了,"怎么样,厉害吧!"

李兀缓慢地环顾四周,看向正在直播的屏幕,他惊恐地发现四周直播屏幕上的主播,不知道从什么时候开始全部都换成了 AI。这些 AI 主播露出完美而冷酷的微笑,有条不紊地重复说着相同的话,妆容精致,身材苗条,永远年轻,不会犯错,不知疲倦。

活动方兴高采烈地跟李兀介绍:"现在大家都爱这个。多新鲜啊,AI 主播,我打算……"

猛烈的耳鸣向李兀席卷而来,他想让这些 AI 主播都闭嘴。可他们已经被设定好了程序,压根儿体会不到他情绪上的不适。AI 主播们涂着血腥口红的嘴唇上下翻合,不受干扰地按照指令讲解着早已输入好的内容。李兀想要逃离,却感到自己像被钉住了,动弹不得。AI 主播的出现如同一记沉重的打击,让李兀有一种不同于容貌焦虑的危机感。他想,这下自己可能真的要失业了。

活动方在陷入焦虑的李兀眼前挥动双手,他的声音穿过AI抵达李兀的耳朵:"喂,喂,李兀……"

李兀从恍惚中回过神。

活动方跟随他的目光狐疑地看向屏幕,又转过头问他:"你怎么了,这就看傻了?"

他定了定神,回复活动方:"我没事。"

活动方用质疑和探究的眼神看着李兀,随后又无所谓地耸耸肩,随意地摆摆手说:"哦,那你早点儿回去休息吧。"

那天,李兀带着强烈的危机感离开了直播间。

那晚,他梦到了大学刚毕业在地方台做主持人的经历。大学毕业后的这份主持人工作是事业编制,编制意味着生活稳定有保障。他年轻肯学,形象又好,台里领导很赏识他。如果没有意外的话,他应该会沿着台里其他前辈们开拓出的职业路径——做主持人,在年龄逐渐变大、青春不再后转型幕后做编导——妥帖地走下去。

如果他当时没有选择来北京,而是留在地方台做主持人。也许现在已经和同学一样结婚,组建家庭,或许还有了一个可爱的孩子。看看大学同学和朋友现在的生活,这是很有可能的事。莫名的安心感让他在梦里笑出了声,他难得满足地醒来。

阳光透过窗帘,强健地挥洒到室内的床单上。今天,阳光明媚。他躺在床上安静地想:什么时候我才可以放松下来,就这样暖暖和和地晒一天太阳呢?

在温暖的阳光里，他迷迷糊糊地回想起第一次走上舞台的感觉。

成为一个专业主持人的信念

成为主持人，是李兀在小学六年级"六一"儿童节汇报演出后，开始萌发的信念。

当时他上场表演了一段快板，说了什么，完全不记得了。可他永远记得站上舞台的感觉。

你站上过舞台吗？当你刚刚走到聚光灯下时，会有一种眩晕般的朦胧感。周围的一切都变得缓慢，耳膜会天然地屏蔽外界的嘈杂，你只能听到自己的心跳声。当你在空旷而明亮的舞台上说出第一句话，舞台下的无数双眼睛会立刻聚焦到你身上。这时候，一个全新的空间被打开了，一切感受都以几何级数增长，你甚至能够感受每一位观众呼吸的频率。

你知道这是属于你的时刻，你迎上去把握它，决心把观众带到你感受到的世界。此刻，以你为中心倾泻而出的情感，流畅地倾向舞台，突破舞台界限，涌入观众席。在这个以你为中心创造出情感流动的场域中，你成功找到了自己。

李兀享受舞台。他愿意为此，排除万难。

高考前，他想以艺考生的身份参加高考，结果却被班主任和家长劝退。他们不能理解文化课成绩优秀的李兀，为什么会想要以艺考生的身份，参与对人生有决定性瞬间的高考？当时有一位高他一级的学长，文化课成绩优异，热爱文艺，决定参加艺术培训，走艺考的道路。学长在高考中惨败。

出于对学长的惋惜，和对同样成绩优异、在文艺活动中表现突出的李兀的爱护，班主任特意家访，力劝李兀，让他务必以文化生身份参加高考。

临走时，班主任站在门口严肃地望着李兀说："人生重要的节点只有几个，高考是一个。千万不要拿这件事去赌。我已经看过一个孩子走弯路了，不能再让你走一遍。"

李兀没吭声。

那晚他辗转反侧，想到了曾经意气风发的学长。他打听到学长后来选择了复读，最后只考上了大专，既没有实现理想，也没有考上好大学。李兀在黑暗中问自己：你可以接受这个结果吗？很显然，他不能。最后，他决定接受家庭和学校对他的保护，以文化生的身份参加高考后，顺利进入一所 211 大学就读。不过，他还是选择了就读中文专业。在大学期间，他有意识地参与主持活动，这些活动不仅有学校的，还有校外的商演。

他想做的事，隔着万水千山都得做。

毕业后，由于经验丰富，他顺理成章进入地方台参与主持工作。在这里，优秀的主持前辈训练了李兀的专业性，同时也打开了他的眼界。地方台主持人一眼可以望到头的职业路径，让当时年轻的他心生畏惧。

21世纪第一个十年，经济欣欣向荣，各行各业高歌猛进。年轻人选择考编考公务员，往往被视为胸无大志。李兀想成为一名更优秀的主持人，去外面的世界看一看。

机缘巧合之下，他和在北京头部互联网公司的朋友取得联系。在得知可能有工作机会后，李兀当机立断地选择了离职。办好离职手续当天，他马不停蹄地赶到北京，参加面试，顺利入职。一开始入职时没有机会接触主持工作。又是机缘巧合，当时主持娱乐节目的同事怀孕生子，需要有人代班。李兀在电视台的主持经历，帮助他顺利得到了代班主持的机会。

他稳扎稳打，一步步开启职业生涯。在一次次的主持实践中，逐渐获得了行业内的认可。认可化为明显的行动，越来越多人主动找他来主持活动。彼时身在公司的现状，逐渐成为李兀职业生涯的限制。为了丰富主持活动和获得更好的经济回报，李兀从公司出走，开始以个人身份活跃在北京的主持界。

回望一路走来的经历，截止到这一刻，李兀发现，他正过着自己曾梦想过的生活。只是，在职业发展的不同阶段，需要付出不同的代价。

生活是从什么时候开始失衡的呢？也许危机早已初现端倪。当时他从公司离开后，为保障收入，一方面开展主持工作，另一方面以顾问的身份参与朋友的创业公司，每月可以拿一部分利润分红。对生活的掌控感，很大一部分来源于稳固的经济基础。疫情开始前,公司的经营状况已经不太稳定了。可那时候李兀的主持事业一片红火,这是他在行业积累多年的回报,总有源源不断的主持工作来找他。

他,压根儿就意识不到危机。

直到,疫情开始。最初,大家都以为一切只是暂时的。直到李兀发现朋友圈里曾经找他做主持的活动方,不是从北京离开,就是开始做微商卖货时,他隐约感到了一丝不对劲。

他意识到真切的危机已经近在眼前。他茫然四顾,突然发现一切稳固的东西都烟消云散,没有人再来找他,而他也不知道应该去找谁。

李兀,慌了。

同行们,都在做什么呢?在疫情期间,有些同行转向自媒体视频,开始打造个人品牌。他们的视频常常展现今天去参加了什么活动,明天又去见了什么人。他有些好奇地问,你们怎么接到了这些活动邀约。同行回答,他们以极低的报价甚至放弃经济回报,只为了获得参与活动主持的机会,以此用于自媒体素材。

行业变天了。李兀还在坚持主持行业的传统工作方式——只和活动方联系,报价通过后,开展主持活动——不注重个人品牌建设。看着同行凭借自媒体在社交媒体上获得巨大流量,进而获得更多的工作邀约,再不断地在社交媒体获得曝光。要说他心里没有一点儿羡慕,那是不可能的。

只是，主持，对他而言，是专业而神圣的。他也尝试过以自己的方式转向新媒体，把自己主持活动的视频片段放到当下最流行的视频平台。他选择的视频片段画面和声音专业而干净，视频内容是采访当红明星。然而，很多人用手机随机街拍明星的抖动视频，流量总是比他的高。付出没有回报，渐渐地，李兀有些心灰意冷。

虽然行业的机会变少了，可总还是有机会的。在疫情期间，他有过短暂出差的主持工作。飞机落地后，活动方直接把他接到酒店。有时候主持活动就安排在住的酒店中。每次主持完活动，他就回房间卸妆，休息，等活动方安排车送他去机场，回家。这是他一贯的工作流程。

疫情结束后，他在朋友圈看到一位主持人朋友发布了和工作人员一起聚会的活动。他在下面评论："工作密度这么高，你还出去跟大家一起玩，好有精力啊！"朋友立刻回复："要给自己找乐子嘛！"

李兀这才发现，这些年他因为主持去了很多地方，可从来都没有真正出去看过。尤其是这几年的隔离生活，让他越来越闭塞了。觉察到这一点后，他开始有意识地做出一些调整。再次接到去青岛出差的主持邀约后，他和化妆师沟通："这是我第5次到青岛了，但从来都没有认真地看过这座城市。你看，这次咱们要不要早一天去青岛，一起出门逛一逛呢？"

化妆师是青岛人，自然很开心地担当起导游。此后，只要接到外地的主持工作，李兀都会强硬地要求自己在当地多走一走。

疫情结束后，他想和这个世界，建立一些真实的联系。

享受舞台的初心

对于这个时代，李兀有太多不安和困惑。

一次偶然的机会，他和 10 年前一起入行的朋友取得联系。他想当然地跟朋友聊："现在这一行，是越来越难做了。"

朋友听到他还在做主持，惊讶极了，"你还在干主持啊！我早就转行了。"

话题不了了之。李兀从来没想过转行。

虽然他总是跟别人说，除了这个，我什么也不会。他内心深处一直有个过不去的坎儿，"我还不是一个优秀的主持人，我还没有真正地站到那个舞台上去。"

在成为让自己满意的优秀主持人之前，李兀不转行。做了一段时间带货主播后，他对互联网的传播方式有了更深入的了解。与此同时，在经历了早期狂飙突进的热潮后，直播带货行业也在不断进化，追求品质和质感的品牌也开始进军这一领域。这些品牌看中了李兀稳重内敛的风格，双方经过多次面谈，达成合作。

然而，李兀很清楚自己内心真正向往的还是那方舞台。那舞台到底有什么可吸引他的呢？

他回想起曾经主持的一场红毯活动。当时两位当红明星因为堵车，没有办法按事先确定好的流程走红毯，这一下打乱了所有的安排。而且作为娱乐圈的年度盛典活动，不同明星有不同的要求，更不用提媒体和品牌方的诉求了。当天还在下雨，话筒和耳机受潮后，耳麦里导播的指挥信号也时断时续。

李兀作为活动主持人，既要照顾正在走上红毯的明星，完成采访任务，又要给媒体留足拍照时间，还要随时做好准备，迎接随时变动出场顺序的明星。他，一分钟也不敢松懈。

活动结束后，他看到网上铺天盖地对这次活动完美举办的报道。屏幕前的观众，不知道当时现场的混乱。

这一切，只有在现场的李兀知道。

6

北漂夫妇

创业 7 次后,他们实现了财务自由

15岁时，身高176厘米的河南姑娘可可来到北京打工，21岁时，她回到家乡，与身高187厘米的小飞结婚成家。在和小飞一起回到许昌创业的过程中，可可渐渐发现，这段看似因身高匹配而开始的婚姻，背后隐藏着一个巨大的谎言——彩礼是借来的。与此同时，小飞的创业负债问题也浮出水面，接踵而至的，还有家里比萨店生意的急剧下滑，而此时，他们的女儿朵朵已经出生。

在面对信任危机和经济困境时，可可选择了原谅，并决定与小飞一同面对人生的挑战。2015年，夫妻俩带着刚出生的女儿来到北京，为了偿还债务，他们先后做过厨师、售货员、网约车司机和外卖员，同时也不断寻找机会，继续创业。

2020年，可可无意间开始用手机记录小飞的创业历程。她当时并未预料到，这个偶然的举动，不仅让她成为一名拥有百万粉丝的自媒体博主，还给他们的生活带来翻天覆地的变化。现在的他们，不仅还清了债务，在某种程度上，还实现了财务自由。

回顾这10年，可可说："北京，给了我曾经不敢想的生活。"

借来的彩礼钱

可可已经 21 岁,她从 15 岁起就在北京打工,如今回到周口,是因为明天要和小飞结婚了。小飞就是婚纱照里站在她身边,那个身高 187 厘米、高瘦的男人。在周口,跟她情况一样的女孩,早就结婚生子了,她算晚的。

深夜,可可躺在老宅的床上,闭着眼睛强迫自己睡一会儿。然而,她睡不着。外间门板吱吱扭扭地开合,亲戚们忙来忙去,又一次确认给她缝制的新被子和新枕套,厨房传来剁菜声,高汤炖煮的香味飘满庭院。一种莫名的伤感袭来,"在北京奋斗了这么多年,到头来只能回到这里,继续重复之前的生活吗?"可可把脸贴在枕头上,棉质枕套轻轻地安抚着她的伤感。

有人开门进来,可可要在黑暗中坐起身,前来的母亲径直走过来坐在她身边,不让她起身,拿出一张银行卡塞到她手里,低声俯在她耳边说:"这是小飞给的彩礼钱,我存在卡里了,现在交给你。"

可可接过卡,叫了一声"妈……",心里五味杂陈却不知道说什么,只能紧紧搂住母亲的腰。母亲也没继续说下去,用手拍着可可的背,就像小时候那样。两人就着月亮倾泻的光,互相依偎了一会儿,母亲又拍拍她,"你先睡,明早4点就要起来化妆了。"可可沉默地抱着母亲不松手。母亲耐心地等待着,"我还得看一下你明天要穿的新鞋呢。"

可可不情愿地松开手,听到母亲离去门关上的声音,屋子安静地沉淀下来。可可手里握着银行卡,不知不觉睡着了。等她醒来时,外间准备的嘈杂声已经归于宁静,现在应该是凌晨3点,4点就要起床化新娘妆了。在这安静的夜晚里,可可不想睡了,她坐起身靠着枕头,在黑暗中看着屋子里堆积的新婚用品,偶尔听到门外传来几声狗吠。不知道是不是所有新娘在婚礼前都有这样的经历,她有些无措地想:我怎么要结婚了呢?

毫无疑问,可可喜欢小飞,但不是一开始就喜欢的,说来好笑,让两人结缘的是身高。可可身高176厘米。小时候,父母带着她一起出门,周围的邻居见到别的孩子,总是夸赞:"这孩子长得真好看""皮肤真白""眼睛真大"……到了她这里,所有人的眼光都会不自觉地向上移,抬起头,看着她好一会儿说:"这孩子真高。"也因为身高,班级里最后一排的座位永远都属于可可,高跟鞋也从没出现在她的脚上。

那时候,可可不知道距离她家不到3千米的地方,有一个男孩子身高正逐渐逼近187厘米,这个人就是小飞。小飞家世代务农,父母面朝黄土背朝天地拼命耕种,一年到头也勉强够温饱而已。小飞上小学四年级时,父亲发生了一场意外,从此连农活都干不了了,家里的重担落到母亲肩头。

贫困让小飞早早成熟。他在课堂上常常"幻想"着如何带领家族摆脱世代务农的命运,然而,这也让他的学业成绩逐渐下滑。2010年,高中没有读完的小飞决定去学习西餐制作,走创业致富的道路。

不到19岁,小飞学成归来,带着满腔热情和父母、亲戚的资助,在许昌市的某个县城里开了一家咖啡店。一开始,周围的人都对他充满期待,他自己也信心满满。毕竟当时的县城里没有咖啡馆,他的店无疑填补了市场空白。当时小飞以为,他一定会迅速站稳脚跟。很多年后,小飞回想起这段失败的创业经历时,才意识到,所谓的市场空白,是因为当时县城里压根儿没有人喝咖啡。失败一次,并不足以抵消亲朋好友对小飞的信心。于是,在父母的帮衬下,小飞借了一大笔钱,又张罗着开了一家比萨店。

一晃到了2013年。这一年小飞21岁,可可20岁。两个年轻人都到了该谈婚论嫁的时候了。刚好在家乡周口开店的可可表姐遇到了小飞的亲戚,对方请她帮忙留意,介绍一个高个子的对象。表姐就把小飞介绍给了可可。在那通给两人牵线认识的电话结尾,表姐说:"小飞身高187(厘米),配你刚刚好。"

就这样,两个年纪相仿的年轻人通过时兴的通信软件微信建立了联系。线上聊了半年后,觉得彼此还算投契,决定线下见面。为此,可可特意从北京回到了周口,两人约在晚上 8 点见面。那天的见面并不算顺利,小飞来迟了,一直紧张的可可倒没有心思在意这些。好不容易等小飞到达约定地点,双方坐定。原本呼吸急促、心跳加速的可可在定眼瞧见小飞的长相后,所有的激动被一盆冷水兜头浇下,僵硬得一动不动。

见面回家的那个夜晚,可可辗转反侧,只要想到以后要跟小飞一起生活,就觉得心里别扭。可两个人毕竟也聊了半年,要说没有感情也是假的。只是小飞的长相,确实没有长在可可的审美点上。思虑到天明,可可心里想,长痛不如短痛,既然这一关自己过不了,那就不要耽误别人,分开吧。

天亮后,可可跟家里人表明了态度,家里人也都很宠爱这个小女儿,没有说什么。在微信上刚跟小飞说了分开,小飞的电话就打来了,可可不接,电话就一直打。倒是奶奶看到了,默默地说了一句:"凡事不要这么快下决定,两个人要多多相处再做决定。"终究是不忍心,可可又见了小飞一面。

第二次见面,小飞一边流泪一边讲道理:"咱们再多相处一下,你不能一下子就否决了我。"可可眼瞅着竹竿儿一样的小飞,缩着肩膀可怜兮兮地哭着,鬼使神差地答应了。相处的日子久了，可可发现小飞这个人能吃苦也踏实，人品没什么问题，是个有责任心、能过日子的人。日久生情，长相也就没这么重要了。

可可正入神地想着两人的恋爱史，院门外传来车喇叭声，很快有人出去开门。可可知道，这是化妆师到了。可可深吸了一口气，在化妆师到来之前，她振作起精神，在心里告诉自己，既然决定要结婚了，就踏踏实实地珍惜眼前人。

那天，婚礼进行得很顺利。

小飞接亲，带着可可回到他家。新婚夫妇和小飞的父母及哥嫂，住在一栋楼房里。第三天回门后，小飞和可可就去许昌继续开比萨店了。两人都踏实肯干，比萨店的生意有段时间干得风生水起。渐渐地，可可也就不再想着回北京的事了。可好景不长，旁人看比萨店生意好，也都开起了比萨店。这样一来，小飞的生意渐渐入不敷出了。

当时，可可正怀着朵朵，眼见的也发起愁来。每当这时，她都拿出母亲给她的那张装着彩礼钱的银行卡，安慰自己：没事的，还有这个保障呢。9月，可可平安地生下了女儿朵朵。女儿的到来不仅带来了新生命的喜悦，也带来了接踵而至的账单，很快两人手里的积蓄就花得差不多了。在内忧外患之下，可可没有足够的奶水，只能让女儿喝昂贵的奶粉，这让本不富裕的家庭陷入了更深的困境。

在巨大的压力下，可可整理家庭账目，发现除了做生意赔的钱，还多了一笔额外的借贷，且这笔借贷和小飞给她的彩礼数目相当。可可怀抱着最后一丝希望，带着玩笑般的语气，拿着那张已经没有太多存款的银行卡盯着小飞问："这儿怎么有一笔借贷跟你给我的彩礼钱一样呢？"说到最后几个词，她的声音颤抖了起来。

小飞低着头不说话。可可浑身哆嗦，上嘴唇黏在上牙上，维持着一个滑稽的微笑表情，过了半晌才从胸腔挤出声音："小飞，这彩礼钱是不是你借的？"话音刚落，眼泪就冒出来了。小飞脸上火辣辣的，想把地板抠出缝把自己埋进去。

可可推搡着问他："小飞，你为什么要骗我？你说话！"

小飞把脸扭到一边，半晌挤出一句："大家都有，我不能缺了这个礼，让人戳脊梁骨。而且，我以为比萨店生意会好，能在你发现前把钱还上……"

可可听完瘫在地上，小飞忙着去抱她，她挣扎着推开他。两人掰扯着，也许是察觉到家里的气氛不太对，原本睡得安稳的朵朵声嘶力竭地哭了起来。可可被哭声惊醒，忙不迭地跑过去，紧紧地抱起女儿不住地安抚。小飞看这个点，孩子大概是饿了，慌忙用量杯挖着早已见底的奶粉罐，好不容易凑够了足量的奶粉，又手忙脚乱地用开水冲泡。

可可心力交瘁地抱着一直哭闹的朵朵，满头大汗地在屋子里来回走。小飞拿着冲泡好的奶粉，小心翼翼地从可可怀里把孩子接过来，细心地喂着孩子喝奶。渐渐地，孩子安静了下来。可可坐在床上，看着抱着孩子在屋子里走来走去的小飞，咬紧牙关低声说："你骗了我，小飞。"小飞抱着朵朵，沉默不语，眼泪"啪嗒"往下掉。

那晚，可可躺在床上一会儿想想刚出生的女儿，一会儿想想小飞的隐瞒，再想想巨额的债务。思来想去，也没有想出一个稳妥的办法。一夜无眠后，望着怀中女儿熟睡的脸庞，闻着她身上的奶香味，可可下定了决心。她和小飞进行了一次深谈。

"小飞，你还打算继续开这店吗？"可可冷静地问。

小飞沉默半晌，"你想怎么办呢？"

"我们把店关了，带着朵朵回北京。"可可坚定地说。

"什么？去北京？！"小飞惊讶。

"对，小飞，我们一家人，去北京打工还债。"可可一字一句清晰地说。

"你容我考虑考虑。"小飞对提议很迟疑。

"小飞，如果你愿意跟我去北京，不再提创业的事，我们既往不咎，继续过日子。不愿意……"可可没有继续说下去。

店面一直在亏损，没有考虑多久，小飞同意了。可可立即行动，处理了比萨店的转让，还剩下一堆锅碗瓢盆，她也不要了。在朵朵还没有满月时，为了生活，可可和小飞逃也似的踏上了前往北京的火车，开始了他们前途未卜的新生活。

打工，是没有希望的

可可已经29岁了，这是她和小飞一起回到北京的第7年。

已经晚上11点了，北京城的轮廓在夜色中的霓虹灯下若隐若现。可可把今天最后一位乘客送到目的地后，熟练地关闭网约车接单页面，随即把所有车窗打开，10月冷空气灌进车厢，可可瞬间清醒了。4年前，作为最早进入这一行的女性司机，可可开起车来不仅不敢停车，有时候碰到不熟悉的小路，还会让乘客自己出来，现在她可以熟练地穿行在北京的街头巷尾了。今天从5点起床到现在，她已经跑了18个小时，赚了1200元，看着跑单金额，可可心情越来越好，一天的疲惫都一扫而光了。

可可记得，7年前她和小飞带着女儿刚回到北京时，租了一间墙皮掉灰、没有暖气的小屋后，身上就剩两千块钱。那时候，也是10月，天又干，风又大，哪怕已经关紧了房门，风还是见缝插针地往屋里钻，整间屋子冷得像冰块一样。朵朵还小，离不了人，只有小飞一个人出去工作。为了保暖，可可总是贴身抱着朵朵，整天缩在床上。可大人能扛，小孩扛不住，冷得狠了朵朵就哭闹个不停，可可一边哄着女儿，一边流泪。在她人生中最绝望的时候，要说不怨小飞是假的。

小飞心里也不好过，创业失败两次，欠了一大笔债。亲友早先对他的支持逐渐变成了质疑。尤其是看到他已经结婚生子还一事无成,"早点儿认清自己,回家踏踏实实种地吧""命比纸薄,心比天高""从小看着就不着调"……冷言冷语从四面八方冒出来。

小飞凭着做西餐的手艺,在一家快餐店找了一份月薪3500元的厨师工作。白天,小飞出去打工,晚上回家会履行父亲的职责,彻夜守着孩子,喂奶,换尿布,哄孩子睡觉。好多次,可可冻得从梦中醒过来,看到小飞一只手支着头,一只手轻拍着朵朵,蜷缩起身体靠在床外侧,脚却在床尾晃荡着,头困得像小鸡啄米一样摇摇晃晃的,那些白天对他的埋怨就淡化为了心疼。

两个多月后,可可意识到只靠小飞一个月3500元的工资,养活一家人太难了,何况还有大笔债务要还。更现实的是,朵朵也在不停地长大,以后要用钱的地方不会少。痛定思痛后,可可和小飞决定先把朵朵送回老家给奶奶照顾。送朵朵走那天,刚好是朵朵的百天,一家人决定去拍张纪念照。出门前,可可紧紧地抱着女儿不撒手,不住地亲着她的脸蛋,小飞在低矮的厨房里炒菜,油烟呛得他眼泪都出来了。他佝偻着身体,眼泪啪嗒啪嗒往下掉。

拍完了百天照,也到了要分别的时候。看着小小的人儿离开自己,可可心如刀割。也就是在这一天,可可意识到,自己想要的一家三口在一起的那种生活,需要很多钱。她下定决心好好赚钱。毕竟,人要先获得最基本的生存条件,才能谈论幸福这样奢侈的字眼。

没有再休息,可可马不停蹄地找起了工作。恰好,居所附近商场里有一家帽子店正在招售货员,上一休一,两人轮班。她是第一个应聘的人,跟老板详谈后,她主动提出:"我可以整月无休,做全班。"试用了一段时间后,看她踏实肯干,从此老板也就放心地把帽子店交给了可可。那段时间,可可整月无休地连轴转。身体的疲惫,无法掩盖她内心对女儿朵朵的思念。在朵朵不在身边的每时每刻,可可都挂念着她。为了早日把朵朵接回身边,她和小飞在生活上能省则省,每个月的消费不到千元。踏踏实实地干了一年半,攒了十来万块钱,生活稍微稳定一点儿后。他们立刻把女儿接到身边。

可一家人沉浸在相聚中的幸福没过多久,小飞心里的创业梦又燃了起来。那段时间,小飞每天都在后厨工作,眼见着时间一点点流逝,而他只能拿着固定工资,晋升渠道和薪资待遇增长空间不大。他意识到一直给别人打工,是一条没有希望的道路。在内心深处,小飞一直有一种渴望,那就是改变家族贫穷的命运。创业,对于没有学历和背景的小飞而言,是唯一的出路。

虽然他曾经失败过,但在做厨师的这段时间,小飞对北京的餐饮市场有了更多直观的认识。他既了解上班族的饮食需求,也了解一家餐饮店的营收、利润。小飞知道,如果能够再试一次，他一定会做得比以前好。反复思虑了很久，小飞试探性地把创业的想法告诉了可可，没想到遭到了强烈的反对。那段时间，两人没少爆发激烈的争执。

一开始可可还会苦口婆心地劝他："现在不比以前，你有了孩子，万一赔了呢？"小飞试图说服她："正是因为有了孩子，才更应该创业，给她更好的生活。"来回拉扯，两人都很疲惫。最后，可可提醒他："小飞，还记得来北京前，你答应过我什么吗？"小飞又陷入沉默。

那段时间，一家人虽然团聚了，可交流明显变少了。小飞还是早出晚归地赚钱，还会回家做家务，只是整个人看起来瘦小了些，做什么都提不起劲儿。日子过得意兴阑珊，可可有时候要问他两三句，才能把他从沉默不语中唤醒。有天，可可看到他困倦地半靠在床上睡着了，手掌冻疮和眼底的青紫让他看起来苍老得像个小老头时，心酸涌上心头。

第二天早上，小飞出门上班前，可可叫住他："小飞，你要想创业，就再试一次吧。"小飞猛地抬起头，眼睛瞬间闪亮起来，可很快他又眨巴着眼睛有些不可置信。

"不过，我有个条件，"可可接着说，"不能再像以前一样莽撞，做超出自己能力范围的创业，凡事要两人共同商量，不能……"

话还没说完，小飞就高兴地抱起了可可。

那天，小飞是哼着歌出门上班的。很快，小飞在家附近超市里看到一块不到 10 平方米的店面在招租。他观察到周围商场员工众多，推测出这里有潜在的饮食需求。夫妻双方经过商量后，小飞以一万块钱的转让费租下了这家店面，开起了快餐店。为了保险起见，可可依旧在原来的帽子店做售货员，保障家庭收入。

虽然小飞还是做厨师，可这次是为自己打工，他的精气神儿明显好了起来。他根据自己的经验，特地推出两荤一素和三荤一素的经济健康套餐。周边的上班族来吃过后，都觉得不错。渐渐地，小飞小店的知名度打开了，越来越多的人都结伴赶到这里来吃饭。有一家理发店的经理吃了几次后，问小飞愿不愿意做公司的员工餐供应。自此，小飞就拿下了理发店员工的早餐和午餐的集体订餐。又过了没多久，又有两家店在小飞这里预订了员工集体餐。承包 3 家店的订餐业务，小飞这间小小的店面，每个月就能有两万块的营收，还没算上其他的日常收入。看到生意逐渐走上正轨，可可辞去了原本的工作，决定全心全意帮小飞一起经营这家小店。

就在两人满怀信心地准备进入新生活时，突然收到通知，地下室禁止明火，他们开店的这片区域不能再进行经营性食品运营活动了。刚有起色的小店就此关了门。好在还积攒了一些承包定制餐的客源，两人就近租了一间房子，专门为几家公司做员工定制餐。可没过多久，他们租住的房子又要拆迁。好在，两人手里已经有了一部分积蓄，合计还了一部分债务后，彻底停下了员工餐业务。

第三次创业虽然就此暂停了,可在某种意义上,这段经历冲刷了小飞在周口开店失败的阴影,也增强了两人未来创业的信心。2019 年,暂时没有找到更好创业项目的可可和小飞,用剩下的积蓄买了一辆车。当时小飞没有驾照,就由可可注册跑起了网约车。小飞思来想去,还是不想离开餐饮这一行,恰好当时平台外卖行业兴起,为了养家,小飞成了一名外卖员。

在小飞做外卖员、可可做网约车司机这 4 年间,小飞还尝试着在青年路租了一间小店铺做肉夹馍,还和别人一起尝试合开一家居酒屋……虽然在各种各样的原因下都没有继续做下去,零散地算起他们也创了 6 次业,在不断的尝试中,夫妻两人积攒了更多的实践经验。

2020 年短视频兴起,正在跑网约车的可可听说拍视频能赚钱,开始拿着手机记录起了小飞的创业生活,这一记录就记录到了现在。当时的她不知道,这个无心之举,让他们坐上了时代发展的列车,给他们的生活带来了翻天覆地的变化。

对未来一直有期望

可可 30 岁,已经是一名百万粉丝的自媒体博主了。

现在,她不再开网约车,小飞也不再送外卖了。开车这 4

年，可可腰椎酸痛的次数变多了，颈椎常常僵硬。小飞常常骑着电动车，风里来雨里去，也不安全。更重要的是，经过这几年的努力，夫妻两人已经把欠的外债还完了。

现在，他们可以通过自媒体，用更轻松一点儿的方式赚钱。

在短视频行业迅速崛起的风口下，两人投身自媒体创作，用3年的坚持积累了百万粉丝。然而，随着行业竞争愈加激烈，他们意识到，仅靠现有的内容难以突围。为了打造更多有趣的视频，他们决定开启第7次创业。

一次偶然的机会，可可和小飞来到密云区，发现这里的房租低廉。经过一番考察后，他们决定在一个村子里租下一个院子，尝试做民宿。院子租好后，小飞亲手设计、改造起自己的民宿。

两人全程亲力亲为，将整个装修过程记录并分享至短视频平台。一开始，观众大多抱着旁观的态度，甚至质疑："一个跑网约车的，一个送外卖的，还能搞装修开民宿？""线下实体生意早就不行了。"但听惯了质疑声的他们，并未放在心上，而是脚踏实地干了起来。

民宿装修完工的那年，正值疫情放开前的最后一年。许多渴望自由的人在短视频平台上看到他们民宿的自然风情，纷纷预订房间前来入住。那一年，民宿生意异常火爆。原本只是为了线上内容创作而打造的线下体验，竟然意外带来了可观的收入。

多年创业沉浮，让可可和小飞敏锐捕捉到了线下的商机，他们迅速租下了一处更大的院子，打造升级版民宿。新民宿落成后，小飞多年在餐饮行业创业的经验又派上了用场，他将餐饮融入民宿经营，为客人提供多样化的用餐体验，比如西餐、户外烧烤体验。这不仅满足了在北京工作的上班族对短途旅行的向往，也契合了他们对户外生活的需求。

2024年，小飞和可可依旧在自己开拓的事业里努力。他们终于攒到了人生中的第一个100万，女儿朵朵正在北京的小学读书。谈及未来，可可一直充满期待："最大的愿望就是让朵朵能一直在北京上学。至于户口问题，我们看得很开。以后都会努力赚钱，让她能在北京读私立学校，接受更好的教育。"回顾过去，她有时候会和小飞感慨："如果没有这些起起伏伏，我们的人生未免太平淡了。"

谈到北京，可可有自己的理解："现在的生活，是我们曾经连想都不敢想的。我觉得，北京挺好的。"

7

况原

北京，是我的退路

北京，一座充满机遇与挑战的大都市，成了自幼在重男轻女的环境中长大的况原（化名），逃离绝望、重塑人生的退路。

在山东青岛某个农村出生的她，经历了姐姐离世、两次辍学和自杀未遂后，带着高中肄业的学历和一颗破碎的心来到北京，试图在这里寻找一条生路。从刚到北京睡在朋友家床下，一边送外卖一边找工作，到成长为一名独当一面的团队管理者，月薪最高达到 5 万元。这段路，况原走了整整 6 年。

这 6 年间，她曾短暂回过家乡，因不愿在老家"当狗"而仓皇逃回北京。现在她用双手，在北京一点点建构起了自己的生活，并在 2024 年给一只爱看动画片的小黑猫一个家。

况原的故事，不仅是一个"女性"或"个人奋斗"的成功故事，它更多是关于一个人如何与自己的过去、身份，甚至是家乡进行"斗争"，只为"活得更有尊严"的生命之旅。

来北京找一条生路

又一次退学后，况原从意大利回到家乡青岛，结了个婚。婚结得稀里糊涂，重度抑郁之下，她求死的心却是明明白白的早有预谋。当时，她对生活万念俱灰，为了不让前夫背上丧偶的名声，她坚持只办婚礼不领结婚证。

婚礼办完了，她觉得这辈子也算活到头了。偷偷攒了一段时间药后，就着酒一口闷了。闷完担忧效果不好，又从美团上多买了两瓶。得亏是在美团上下单，外卖小哥拿药的时候，医生多说了一句药的用途。送完这单后，出于好心，外卖小哥叫了物业，救回了生死一线的况原。

况原在重症监护室躺了三天后醒过来，现在的前夫当时的老公，在她病床前哭得鼻涕一把眼泪一把，说："你要是真这么不开心，咱就散了吧。"等况原出院回家后，他又反悔了。况原倒也不是很在乎，她决定再自杀一次。奈何家里人看得太严，把窗户都封了，这第二次还没开始行动呢，就被扼杀在了摇篮中。

家里所有人都装作无事发生，况原也把自己锁在屋子里，懒得见人。表面上看，日子照常过。奈何表哥看不下去了，把她从屋里薅出门，指着天上的太阳说："多出来晒晒太阳，你就会发现生活还是有希望的。"话音刚落，只听见"扑通"一声，况原直挺挺地晕倒在地。

救护车呼啸着又把她拉到医院，一通检查后，医生说："病人严重肺栓塞啊，还好送来得比较及时，再晚个一两天就没救了。"况原醒来知道后，躺在病床上觉得有些遗憾。事不过三，看来老天爷是不打算收她了。她想，既然这样，那我就给自己找一条生路吧。

再次从医院回家，况原打算好好活下去。母亲看到她这样，非常开心，说："你可以继续当客服，要是不愿意，随便找个班上也行。"那时候，况原的学历还停留在高中肄业，山东的就业机会有限，她只能选择做客服或是去KTV上班。在"陪客"和陪酒之间，她选择了"赔"钱——借朋友钱，去北京给自己找一条生路。

这是2018年年底发生的事。

当时家里人知道她决定去北京后，都非常反对。况原的父亲说："你都结婚了，安生过日子吧。还往外瞎折腾什么呢？别闹了，行不行？"母亲躺在地上哭得喘不过来气，说："你走了，我怎么办？你这孩子，心怎么这么狠。"丈夫精神萎靡地坐在沙发上，带着困惑和讨好的无辜神情问她："你对我有什么不满意吗？你说哪里不满意，我改。咱们好好过日子，好不好？"况原流着眼泪，却依然坚定道："要么去北京，要么死。"双方僵持不下。

2018年冬天的某个黑魆魆的夜晚，况原躺在床上闭着眼睛，屏住呼吸，竖起耳朵，仔细听着家中的动静。在外部环境好像陷入真空般寂静的瞬间，她在黑暗中猛地睁开双眼，在床上直挺挺地躺着，僵硬地转着头在黑暗中辨认房屋格局。再次确认所有人都睡熟后，她麻利地从床上悄无声息地弹起，摸黑打包了行李，同时高度警觉地关注着周围的声响。5点，她一手抱着收拾好的行李，提起一口气，轻轻拧开卧室门把手，试探着打开门，停顿了一会儿，再把门推开到侧身能出去的距离后，滑着猫步走到房屋门前，急速地旋转锁扣。当门被打开后，她如同炮弹一样弹出了家门。6点10分，况原坐上了青岛到北京最早的一趟列车。在列车上，她双手紧紧地抱着行李，沉沉地睡去了。

当父母发现况原不见了的时候，她已经来到北京丰台区某小区，暂住在一位好友家中。父母以为她只是任性，就和她之前做的所有决定一样。权当她是去北京散心了，过段时间碰了壁自己就回家了。但对况原而言，这并不是一时兴起的决定，她下定决心，"我要立起来了，才会回家"。

现实并不乐观，她没有钱。收留她的好友当时和人合租一套三居室，她们俩住在一个有阳台的小屋中。屋子不大，床也只够一个人睡,她就睡在床下。她买了一个瑜伽垫,晚上睡觉时把瑜伽垫铺在床底,就算是床了。刚到北京的头两周,她是这样度过的。

那些夜晚,她睡在床下,听着朋友翻身的声音,在黑暗中望着床板,莫名其妙地笑了起来。不管是那时还是现在的她,都不认为这是一段难堪的经历。反而正是这段经历,让她意识到北京是一座神奇的城市,尤其是对于她这样出身农村、没有背景的人而言。昂贵的北京会让你一刻也停不下来地想着"我该怎样才能活下去",她如愿以偿地走上了一条求生的奋斗道路。

她决心成为掌握自己命运的舵手

刚到北京时,有一个在出版行业做发行的朋友告诉她,如果她可以靠自己投简历进入出版行业,他就能带她深入了解这个行业。于是,况原给自己定下了做发行的职位目标。高中肄业确实限制了她找工作。找了一个半月的发行工作,还是没有机会。有人给她支招,不如先从发行助理的基础岗位做起。

这时的她,已经展现出此后在她身上愈加明显的"咬定青山不放松"的韧劲——不,直接找发行的工作岗位。

为了在北京活下去,况原花了1500元买了一辆二手电动车,开始送外卖。外卖送了一段时间后,她的身体吃不消了,就改去餐厅打工。在这段找工作的过渡时期,她每天都坚持在各大招聘软件中投简历。每次看到有人读了她的简历,她就会乘胜追击地再多问一次。第一份工作机会,就是这样守着微茫的机会,力所能及地自荐获得的。况原还记得老板跟她说的第一句话:"一个月给你开4000工资,能干就来。"

这是一份远低于行业标准的薪资。

"我来。"况原斩钉截铁地回答。

2019年年初,况原进入图书出版行业做发行。入职后的某天,她坐地铁去见客户,在手机上收到了北京人社局发来的正式加入社保的短信。那一刻,她意识到自己拥有了在这座城市生活下去的许可证。命运似乎也格外偏爱努力的人,3个月后,公司同事离职,在交接工作时把客户资源对接给况原。原本她和同事的交情应该止步于此,可况原接过客户资源后,把由此获得的前3个月的提成,全部转给同事。

在利益面前,她选择把情谊延续下去。因而在入职公司半年后,她成了销冠,可以拒绝和不喜欢的客户社交了。其间,一位业内前辈好心地提醒她:"不要浪费时间,想要往上走,趁早提高学历,做好职业规划。"况原听取了这个建议,并付诸行动。

在那段需要从零开始了解出版行业、忙得焦头烂额的日子里,她在出差见客户的空隙,都在刷网课自学本科课程。最忙的时候,她有两三天都没有正经吃过饭。时间紧任务重,有一天实在是太累了,她急哭了。可还没等眼泪从脸颊上流下来,她就睡着了。

那段时间,家里人给她打电话,她都是半夜或是隔了好几天才有时间回个短信。有天,母亲给她打电话,她难得有时间接起。两人聊着,她无意间说:"我今天5点就起床了,厉害吧。"母亲在电话那边说:"那你一定很累吧。"她愣了下,突然哭了起来。母亲听到她哭,就说:"实在太累,就回家吧。"听到这儿,况原止住哭泣说:"我还有点儿事,先不聊了。"不等母亲回复,她就把电话挂了。

彼时,她名义上的丈夫也时不时地跟她联系着:"你一个女孩子,孤身一人在北京,多难啊。只要你一句话,我现在立刻去北京,把你带回家。"原本温情脉脉的话,听到况原耳里,却避之不及。她冷静地回复:"你觉得咱们这样耗着有意义吗?你越是这样,我越不会回去。我们永远不会在一起了,你明白了吗?"

渐渐地,丈夫也不再打电话了。

"要回家也不是现在。"况原心里一直憋着一股劲,"当时逃难一样出来,回去时一定要活出个人样。"她独自茁壮成长。

又过了一年,她不仅通过自考拿下了工商管理的本科学历,还因在工作中表现出色,拥有了和老板谈薪酬的资本。老板还是和以前一样一毛不拔,反而劝她:"你现在做得这样好,以后有新品，就升你做负责人哈。咱们公司以后一定会做大做强，只要你踏实在这里待着，什么都会有的。"她当时差点儿信了，可回家后冷静下来总结复盘发现，公司员工的流动性不仅高，而且老板已经在这一行做了30来年，公司还是这样的规模。她彻底清醒，放弃和老板协商，着手寻找更好的职业机会。

她对比行业内不同公司，综合考虑双方匹配度。哪怕自己想入职的公司暂时没有机会，她也会耐心地等待，同时不断地积累作品。她暗下决心：哪怕中途耽搁一些时间，我都要去想去的公司。生活环环相扣，下一个阶段由上一个阶段的选择决定，况原决心成为掌握自己命运的舵手。

不久，她顺利地从这家只有20人规模的小公司，跳槽到了100人的大公司。大公司提供了更广阔的平台和视野，她谦虚地向业内的前辈请教："这个部分我不懂，您看您什么时候方便，我请您吃饭，跟您学习一下。"有的前辈很奇怪地问："你学这些做什么呢？"她很真诚地回复："我想跟着专业的人，多多了解这个行业。"直率的态度和踏实的行动，使她很快掌握了从编印到宣发的整个流程。

凭借专业能力和实际成绩，况原在业内建立起了相当的影响力。生活的锤炼塑造了她对职业机会的敏感度，而职业的成功保障了她对生活的掌控感，这一切又反过来给了她自信，让她能够更自如地建构自己的生活。她踏实地一步步地从出版公司跳槽到国企出版社，再走到著名出版集团，月薪最高时达到5万。

这一年是2023年，距离她第一次来北京已经过去了4年。

这4年来，她用在北京的奋斗所得，在家乡买房买车。与此同时，她有意识地长远布局，寻找与家乡相关的工作机会。命运又一次回应了她的心愿，家乡同行业的国企联系了她，询问她是否愿意回去就职。这4年来的奋斗，仿佛就是在等待这一刻的到来。从刚到北京时只求活下去，到现在自认可以掌控自己的命运，况原真的"立起来了"。

但回家的真正原因，或许更为隐秘且难言。这些年来，去世的姐姐总是出现在况原的梦里。梦里，姐姐还是小时候的样子，总是忙着干家里的活。那时父母从农村来到城市开废品站，雇不起工人，瘦瘦小小的姐姐，就在装废品的车上跳来跳去地帮忙。不干活的时候，姐姐就直愣愣地盯着她，却从不跟她说话。

况原在自己的梦里，被姐姐的目光盯得无处可逃，只能回到现实。醒来盯着天花板，仿佛那里有另一个自己正看着躺在床上的她。她想，如今我的年纪都比姐姐大了，意识到这一点，她的内心突然充满了一种无法抑制的震撼：姐姐这是怨我哪。如今，我是远离了家乡，来到了北京，过得越来越好，可姐姐的时间停止了，被永远留在了家乡，哪儿也去不了。

这一刻，况原知道那些未解的遗憾，需要自己回到家乡去了结。可她不确定,这份来自家乡的工作邀约,是否正是那个契机呢?

她开始认真检视和故乡的过往。

被定格的时间

对于家乡,况原的感情始终复杂。"重男轻女"这4个字,或许可以概括她的少年时代,但无法承担起过程的曲折,为她的成长结果负责。

1994年1月,况原出生在山东省青岛市的某个村庄。重男轻女的奶奶知道妈妈这次生的又是女孩后,忙不迭地要把况原送给别人养。而一向温和柔弱的母亲,却坚持留下了她。这一年,况原的母亲30多岁,长年累月操劳的身体已经不适合再生育,加上家贫交不起超生罚款,因此就不再考虑要三胎。

父亲无法接受家中只有两个女儿,没有儿子的现实。他认为,女儿是替别人养的,早晚是要嫁人的。自此,他心安理得地不工作,只知道打牌喝酒,终日无所事事。况原的母亲把一切都视为理所应当,任劳任怨地承担起养家的责任。

从小,况原就意识到自己跟男孩不同。她记得有一次,她被同村一个男孩打伤了头,那时候母亲在上班,她只能满脸是血地回家找奶奶。正在做饭的奶奶看到她头破了,也没当一回事,只是把她推到一边,轻描淡写地说:"你先一边待着去。"她害怕地站在床角哭,不知道过了多久,才见到奶奶不慌不忙地拿着锅灰过来,给她随便抹上止住血后,就不管了。

6岁,况原上小学了。母亲要上班,没时间给她做饭,父亲做甩手掌柜,什么也不干。她被送到姥姥家,姥姥觉得女孩子长头发真麻烦,就把她剃成了寸头。因为父母没有给生活费,况原穿的衣服都是表哥穿剩下的。

表哥表弟是姥姥的"亲孙子",不像况原是"外"孙女。有时候,表哥表弟玩了玩具忘了收,姥姥就指着况原对他们说:"把玩具都收好了,别让她给你们玩坏了。"寄人篱下让况原小小年纪就学会了察言观色,她学着收拾碗筷,学着扫地,学着洗衣服——不用任何人吩咐。身边的大人,总爱随口问她:"你没爸妈吗?天天赖在姥姥家里?""你姥姥这么大年纪了,还要照顾你啊。""你爸妈不要你啦?"招猫逗狗一样。他们说完就忘,况原却听进了心里。

大人说得多了,小孩子就会模仿。有天上学时,一位同学跟她说:"我爸妈说,你爸妈不打算要你了,才把你丢在姥姥家的。"况原听了反驳道:"你胡说,我爸妈不会不要我的。"虽然嘴上反驳了,可到底是小孩,她害怕父母是真的不要自己了。那天放学后,况原自己回了爸妈家。回去之前,她让住在姥姥家附近的同学帮忙带话告诉姥姥。可不知道是哪个环节出了问题,姥姥没有收到信息。这个误会,以况原被父亲揍了一顿完结。

况原10岁，一向浑噩度日的父亲，决定奋发图强，从村里来到青岛市开废品收购站，贤惠的母亲自然全力支持丈夫。况原和姐姐被从乡村带到了城市。一家人开始努力工作脱贫，就这样慢慢地，况家经济条件虽然比上不足，却实实在在地变好。

转折发生在况原高一暑假。那天，一直在帮家里干活的姐姐难得休息，她带着况原出门逛街。途中况原看中了一个小玩意儿，多少次走过去拿起又放下，也没主动开口要。反倒是姐姐看出妹妹真喜欢，况且价格也不贵，就帮妹妹买了下来。

回家的路上，况原怀里抱着姐姐买给她的礼物不撒手，姐姐笑着逗她："就这么喜欢啊？"她高兴地点点头："喜欢！"她笑，姐姐也笑，"以后我赚钱了，给你买更多的礼物。"她高兴地点头，"嗯！"

风轻轻地拂过况原全身，她一下就放松下来。她还记得，那时候她一转头，看到夕阳的余晖恰好落在姐姐脸上，动人极了。

回家后，父亲看到况原手里拿着的礼物，随口问了一句："哪儿来的？"她随口答道："姐姐给买的。"一切都从这一刻开始失控，走向无法挽回的结果。是因为我说了这句话，才导致最后的结果吗？还是那天喜欢这个礼物就是错？又或是，应该回到原点，我的出生就是个错误？后来，况原无数次在深夜自问。

那天发生的事，况原不想记清楚，可又不得不面对。那天父母把姐姐叫到身边，仔细盘问她们逛街的每一笔花销。算完账后，父母大发雷霆，指责姐姐："我们是多有钱的家庭吗？能让你这么花钱？！"姐姐哭着辩驳："我整天没日没夜地干，难道连买个礼物都不行吗？"

我呢？当时的我，在哪儿呢？况原努力回想在这场一家人爆发的最后争吵中，自己所处的位置。她惊恐地发现，自己好像在这个空间中莫名消失了。可她又清清楚楚地听到父母的责难，姐姐的哭泣。在回忆里，她找不到自己的位置，于是只能在现实里，唾弃当时的"无所作为"。

姐姐的时间永远定格在了这天。那笔给况原买礼物的额外花费是，20元。

况原，至今无法原谅自己。

和故乡来一场彻底的清算

高二开学那天，况原退学了。她去餐厅里当服务员，每天浑浑噩噩地度日。她想通过自我放逐，减轻对故去姐姐的负罪感。

那天，她像往常一样拖着比自己身体还高的拖把拖地。一个人高马大的顾客看着她，突然发难道："你什么意思？在我吃饭的时候拖地？你看不起我啊！"况原没见过这种场面，不知如何应对，被吓得呆住了。没想到，顾客更加得寸进尺地辱骂她。餐厅里，没有一个人出来帮她说话。

10分钟后，顾客骂完她心满意足地离开了，她拖着筛糠一样抖动的身体独自回到更衣室。"以后要一直过这样的日子吗？不，我不愿意。"这是一个觉醒的时刻，况原决定重返校园。然而，父亲不同意，他说："女孩子读这么多书也没什么用。再过两年，你就可以结婚了。"

不能回学校读书，可餐厅服务员，她也决不会再做了。况原打算赚钱供自己读书。她去青岛的步行街考察了一番，打算摆个地摊卖衣服。打定主意后，她找母亲借了两千块，去批发市场论斤买了一大堆衣服，就这么支起了一个小摊位。因为年纪小，不知道摆地摊是要交摊位费的。现在想想一个月200块钱不算多，可那时候她生活都艰难，从哪里交这笔钱呢？她又不想换地方，就偷偷摸摸地摆。每到傍晚出摊儿前，她都要偷偷地哭上好几回，眼泪争先恐后地从眼眶滚落，滑到嘴里，一路苦到心里。

还是一个城管大哥看她年纪小，动了恻隐之心，介绍她去发传单。她开始白天发传单，晚上去摆摊，收入才算稳定。市井最是磨人处。发传单的工资发下来后，她就给城管大哥买了礼物送去。渐渐地，赚钱的机会越来越多。

18岁，况原攒了一笔钱，又跟母亲借了4万块，不顾父亲的反对，去了意大利留学。可她低估了留学的花费，积蓄半年就花完了。她在意大利一边上着语言学校，一边打着工，直到20岁。这一年，父亲因肺部炎症住院治疗，而早年爷爷因肺癌去世，焦虑不安的父亲催促况原回国。彼时，经过理智权衡，况原也意识到，单靠打工是无法在意大利完成学业的。借着探病的契机，她从意大利回到了山东青岛。这是她第二次退学。

回到家后，父亲的检查结果也出来了，万幸不是癌症。父亲依旧轻视她，并且丝毫意识不到这有什么问题。况原却不能再接受了，她努力多年就是想给自己一个好的未来，让他们无法忽视她。可到头来万事辛劳一场空，兜兜转转又回到原点。

这一年，她的抑郁症状越发明显。同时，因为父母住院，她认识了学医的前夫。那时，她正处于对未来迷茫的时期，父母和男友却认为，既然不上学，就该结婚了。

况原隐隐约约觉得自己有些事没有完成。母亲劝她："你看周围的女孩子，哪个不是早早结了婚，生了娃。"她反问："然后呢？"母亲愣住了，问："什么然后呢？"况原认真地问："我出生就是为了结婚，生子，养大孩子，再让他结婚生子吗？"母亲想也不想地说："大家不都是这么过的吗？你还想要啥？"

况原看着身材变形、头发花白、终日不断操劳的母亲，欲言又止。

母亲是20世纪80年代的高中毕业生，当年她考上了大学，录取通知书都邮寄到家里了。况原的姥爷当时是工厂的工人，说："别去上大学了，你来工厂顶我的班。"母亲同意了。没想到去上班那天，况原的姥姥把母亲锁在屋子里，让舅舅去上了班。母亲知道后，也没有反抗，只把录取通知书撕掉就外出打工了，说是打工，不过是从一个村庄换到另外一个村庄。等母亲到了该结婚的年纪，就嫁给了父亲。

我会成为母亲那样吗？况原被突然冒出来的念头吓了一跳。她环顾四周，发现家乡的女孩子好像都是自愿早早地结婚，顺理成章地相夫教子。外面的世界变了好几轮，这个地方依旧没有任何变化。毫无疑问，况原不想成为母亲那样，她想换种活法。

22岁那年，在父母的催促下，况原终究是同意结婚了，不过只答应举办婚礼，不领证。那时，她已经有了求死的意志。

30岁这年，况原躺在北京整租屋子的床上，回想起自己这小半生的经历。她想，也许可以接下回乡的工作邀约，哪怕那个地方依旧没有变，可她变了，她已经不是以前那个弱小的况原了，不是吗？况原坚信现在的她，会在家乡拥有一席之地。

这时候，她还不知道，还乡的决定，意味着和过往来一场彻底的清算。

每个人都不自由

2023年年底，况原回到家乡山东青岛。

回乡一个月后，她顺利入职某国企。

第二个月，她按照从北京积累的经验开展工作，可只要领导开会，不管她手头有多要紧的工作，都必须放下去跟领导汇报。末了，领导教育她："到我们这儿，就得按我们的规矩办。你呀，就是没人管，身上枝蔓太多了，正好我们给你修剪修剪，你以后才能长好。"

她领着实习生出外勤，实习生因为不能胜任工作，坐在大街上哭。事后她要求调离这位实习生。领导同意了，同时提点她："你看看办公室里坐着的人，哪个不是靠背景关系进来的。你趁早选好人，站好队。"

那一刻，况原意识到像自己这样没有背景却做到中层岗位的，在公司是异类。

第三个月，因为业绩突出，领导赏识她，带着她出差。回来后，公司里流言四起，说她"攀上了高枝儿"。

与此同时，在家里她还是不能上桌吃饭。长辈来家里谈事情，刚好和她做的业务有关系，她提出要帮忙。长辈还没听她说完，就不屑一顾地说："你不用提，也用不上你，你几斤几两我还是清楚的。"那一刻她突然清醒了，她离开家太久了，以至于都快忘记了，这里的人是什么样的了。

可她不能弃母亲于不顾。她看着母亲数十年如一日地围着厨房转，从做饭到清洁，一手包办，把最好的一切都给别人，自己却连饭桌都坐不上。她怒母亲不争，带着母亲去旅游，去看讲述女性觉醒的电影《出走的决心》，看完跟母亲说："你也可以出走，不要允许他们这样对你。"母亲淡然地说："我已经60多岁了，你还指望我折腾什么呢？"

母亲的态度，彻底击溃了她。

她的荨麻疹开始发作，人一下瘦了7斤，每天开始控制不住地哭泣。那天，她在家里待得实在撑不下去了，破天荒地买了一包烟。抽到第三根时，她哆嗦着手给在北京认识的一位老板打电话，询问工作机会。老板说："你来，我在公司为你单独设置一个部门。"

那一刻，她得救了。2024年3月，她又一次瞒着父母办妥了离职手续，开着自己买的车，一路向北回到了北京。2024年年底，已经做到出版行业管理层的况原，再次回顾起这段重返北京的经历，淡然地总结："我可以在北京当牛马，但在老家当不了狗，这是最大的区别。"

这趟还乡又重回北京的生命之旅，治愈了况原。现在，她在北京隔着遥远的距离，安全地回望那个地理意义上的"家乡"。她甚至开始理解留在家乡的人。她意识到，每个人其实都没有自己想象中自由，家乡的人成为现在这样未必是自由选择的结果。他们之所以成为这样，是因为他们并没有获得成为其他那样的机会。

况原也不再试图改变母亲了。她意识到，母亲的一生都在奉献，现在让她出走反叛，等于否定她践行了一生的价值观，也等于间接地否定了她的一生。她不得不承认，母亲已经苍老到没有时间再重新开启另外一种生活了。想通了这一点后，况原决定不再打扰母亲晚年的幸福和平静。

姐姐，是她心中永远的痛。有时候，况原闲下来的时候会想：如果姐姐现在还在世，会在哪里，做着什么呢？不过不管姐姐做什么，都一定会做得比我好的。

现在的况原管理着一个团队，未来她想带着团队里的兄弟姐妹，把日子过好一点儿，要是最后能做出点儿对社会有贡献的事，那就更好了。

从睡在床下，到成为独当一面带领团队的管理者，这条路，况原走了6年。这6年间，她用双手，在北京一点儿一点儿建构起了自己的生活，并在2024年给了一只爱看动画片的小黑猫一个家。

不过，对她本人而言，这6年最重要的收获是发现——原来，活着就有价值。

8

王五龙

"北漂"的北京艺术家

王五龙，土生土长的北京人，自出生以来便居住在北京市中心后海边的羊房胡同16号院。胡同的风土人情、温馨而疏离的家庭氛围，以及独特的时代背景，塑造了他敏感内敛的性格，也为他日后的选择埋下了伏笔。

1982年，18岁的王五龙从市中心的胡同搬到二环边西直门的楼房，并从学校走向社会，成为印刷厂的一名工人。与那个时代大多数人对职业从一而终的选择不同，王五龙很快辞去了这份体面且受人尊敬的工作。

在20世纪末、21世纪初那个急剧变化的时代里，他的每一步职业转变都紧跟时代发展的步伐：从合资公司的业务员到外企的中国区业务经理，再到与朋友一起涉足商业摄影，最后成为一名摄影艺术家。然而，随着一次次职业转型，他也逐渐远离了"老北京"，从二环里一步步搬到了六环边。

2024年，他终于彻底离开北京，定居在河北燕郊的一个住宅小区。岁月流转，重回故地的王五龙感慨道："我一直在寻找过去的自己，而不是现在的自己。因为现在的影像已经模糊到连我自己都无法辨认了。"

乡愁，从来都是关乎时间和空间的记忆，不可自拔且无法回头。

当父母都不在的时候，我就没家了

北京二环里的房屋街道，似乎常年都处于修缮的状态。从道路修整，到房屋修缮，甚至连胡同命名都经历过诸多变更。位于后海附近的羊房胡同也不例外。

当年王五龙从骑河楼北京妇产医院出生后，就住到了羊房胡同 16 号的一进四合院里，一住就是 18 年。当时羊房胡同 16 号院南屋住着何姓两兄弟一家人，东屋和大北屋分别住着两家祖籍山东的老乡，小北屋里住着一对老人。王五龙一家六口住在西屋 3 间房内，一家人除了爷爷是山东济南人外，都是北京人。那个年代出生在北京的人，也许祖籍不同，一两代后也都算是北京人了。

在王五龙印象中，羊房胡同 16 号院门口，原来是一个满是灰尘的小土包，他小时候常在上面滑来滑去，因而童年记忆中的色彩大多是扬尘的灰土色。现在，所有的道路都铺成了柏油马路，胡同焕然一新，空地变平房，临街的商铺几经易主换名，菜馆变药店，沧海桑田中似乎只有后海那片海子没变过。

2024年他重回住过的羊房胡同16号时，已经彻底搬离了北京，住到了河北燕郊的一个住宅小区。现在他小心翼翼地走进胡同院里，站在昔日住过的3间西屋门外，跟我说："这里是我小时候，跟姥姥、妈妈、哥哥和姐姐五口人常住的屋子。"

　　屋子由胡同里专有的砖瓦垒成，窗框和门栏是砌成红色的木质材料，红漆在木材上斑驳卷皮脱落，玻璃上还糊着一张张报纸，泛黄的纸质显示出太阳长久照射的痕迹。羊房胡同里的这所四方院落，还算宽敞。不像后来大杂院式的胡同私搭乱建，只在院落里留下一条长长的甬道，走人都拥挤不堪。

　　他站在门口，注视着院子里的空旷，闭上眼仿佛还能感受到、听见穿过时光的温度和声音。姐姐坐在房门前的小凳子上，扎着一条大辫子，低头认真拿着父亲的画笔描摹一个鸡蛋。那时候的他，还不懂姐姐眼中那种专注，甚至觉得她画得不好看，总想跑过去捣乱。哥哥手里拿着一块砖头，正要一掌劈下。那时候院子里的海棠树、香椿树和花椒树还在，家里养的三花小母猫正在东边的房屋屋顶上打盹儿。哥哥劈砖的手落下去，砖没断手却磕疼了，他在院子里蹦着龇牙乱叫。这一叫，吓坏了正在午睡的小三花，它一下跃到低垂在屋顶的海棠树枝上，在树枝之间乱窜。

　　一阵风吹来，猫叫，树叶发出婆娑声，一片片叶子打着旋落到装水的铁皮水桶里，一圈圈的水波，平静地渲染开来。

　　现如今北京的胡同里，好像只有枣树能存活下来。羊房胡同里的这棵密云小蜜枣,是王五龙的奶奶在他出生那年亲手栽下的。时移世易,海棠树、香椿树和花椒树被各家自建的厨房和杂物取代,只有嵌入不知谁家厨房的枣树还保留着,成为延续至今的地方风物特色。

王五龙站在这个保留着原有建筑框架的空间里,找不到与儿时记忆相关的印象。

临走前,他再回头凝望幼时住过的3间西屋,略显惊讶地喃喃自语:"现在这屋子看起来这样小,小得不成样子了。"

他走出胡同,扶着门栏新修不知多久的水泥台阶坐下,指着前面的路,陷入一段失落的时光。"那时候,有朋友说,我们住的院子比马路高这么多,说明这院子的主人当年肯定身份非凡。不过究竟是什么身份,至今也没人知道。"他说完,自己先不好意思地笑了笑,"我小时候常从胡同院子门口跳下去,就在这里,有一次还不小心摔断了手骨。"

我看着眼前干净宽敞的马路和对面装修雅致的临街商店,无法想象过去的景象。

他指向眼前一排精装修的平房,回忆起过去。"以前这儿是个杂货铺,街坊邻里都来这里买油盐酱醋,还有葱姜蒜糖。现在你看到的这家房产中介公司,原本是一个院墙,后面是单位的接待处。"

他坐在台阶上,又回过头仰望胡同进院的那棵蜜枣树。"小时候,北京的夏天不像现在这么热。下过一两场雨,枣树就郁郁葱葱的,像撑开的伞。到了大中午,热气难以避免,那棵枣树自然就成了遮阳伞。夜里,树影洒在白高粱纸糊的窗户上,随风摇动。我常常望着树影听着树声,不知不觉就睡着了,做的梦都像是白高粱纸糊的。"

这时,一阵北风刮过,一片枣叶在空中旋转着,从树枝上飘落到地面。

王五龙看着这片落叶,眼睛亮晶晶的,声音里带着喜悦:"有一年夏天,枣子成熟了,街坊们聚在一起打枣。那时候我上三年级,终于长大到能爬树了,就爬上去摇树枝,枣子跟暴雨似的,噼里啪啦往大家筐里砸,热闹极了。这时候,我不经意地瞥向院外,发现父亲和他的老师叶浅予,正坐在路边的一块石头上,安安静静地交谈。"

我环顾四周,很显然,他跟我并不在一个时空。

我问:"小时候,你父亲没有跟你住在这里吗?"

王五龙迟疑道:"一家人下班后坐在一起吃饭是很常见,对吧。可在我们家,这样的时光非常少。"

王五龙的父亲是当年中央美院毕业的大学生,典型的知识分子。

在他成长的岁月里,父亲遭到诬陷,被送往外地的干校,接受长时间的劳动改造。在他的记忆中,父亲每次获准回到北京,都是因为身体不适需要看病。终于,经过漫长的等待,父亲的改造任务完成,一家人团聚。但这段时光很短暂,两三年后，父亲又有新的工作安排，被派往现如今的国画院担任驻院画家。王五龙记得，那时每个周一早晨，都会有专车接父亲前往画院工作，直到周六晚上才将他送回家。

他和父亲相处的时间始终有限。这导致很长一段时间以来，他对于一家人一起生活，坐下来吃饭的记忆很稀少。家，对他而言是间流动的旅馆。敏感的少年，从小就对别人家中按时按点的日常生活，充满了疏离的羡慕。

他细细思索，算着年份。"大概在我25岁，母亲去世。33岁时，父亲去世。当父母都不在的时候，我就没有家了。"

听到这个出乎意料的回答，我讶异道："听起来有些伤感。"

他却嘴角带笑，从地上起身，拍拍身上的灰土，轻描淡写地回复："为什么要伤感呢？"

末了，他往羊房胡同深处走去，在胡同的街道里讲起了家族的故事。

所有的记忆都是潮湿的

王五龙生于1964年，在家中排行第三。排在他前面的分别是大他10岁的姐姐和大他8岁的哥哥。在他出生前，父母已经有儿有女。小时候，有人说过他是个多余的人，渐渐地，他自己也这样认为了。

1970年,他刚上小学一年级。正走在胡同里,迎面走过来一个"陌生人"。"陌生人"见到他,亲昵地用手摸着他的脑袋问:"哎,干吗去?"他觉得好奇怪,推开陌生人的手,绕开他,边走边说:"我上学去。"

他后来才知道,这个"陌生人"是父亲。这是王五龙关于父亲最早的记忆。

在王五龙的记忆中,父亲一直缺席,母亲则忙于工作。为了多点儿收入,母亲自愿从国家干部转成橡胶厂工人,后来做到了八级工。那时候,家里六口人的开销就靠母亲一个人的工资撑着。母亲白天要上班,晚上还要去学习,以端正思想。大多数时候,他只能跟姥姥待在一起。

1967年,那段日子充满了说不清楚的混乱。那天,哥哥姐姐像往常一样出去玩,家中只有姥姥和王五龙。姥姥不知什么原因没看住他。刚好有群人在院子里打人。小小的他被暴力声吸引,一扭一扭地走到门边,扒拉着门框,直勾勾地瞧。看到高兴的地方,什么都不懂的他,拍着手乐呵呵地要往前凑。这一幕刚好被下班回来的妈妈看到,妈妈生气地把他抱回屋子里,锁上门,转身就抡起擀面杖吓唬他:"你以后可不许再去凑热闹,听到没有?"

提起母亲,王五龙整个人都很舒展。与此同时,胡同的街道上不知道哪家正在做饭,先是传来热油炒菜的"呲啦"声,紧接着饭香味飘来,在寒冷的冬日里,格外诱人。王五龙深吸了一口气说:"我最喜欢妈妈和姥姥做的面条,特别好吃。尤其是冬天,一碗汤喝下去,热乎乎的。"

冬天,人容易饿。北京的冬天,天干气冷,在大街上站得时间稍微长一点儿,就会格外想念家人做的热汤面。

"1976年7月28日唐山大地震震惊全国,很多人都是在那一年离开的。"他停顿了一下,又继续说下去,"我姥姥和奶奶也是在那一年去世的。大概是那个时候,我第一次明白了什么叫永别。"幼小的他,从那时候开始就明白了人生无常,很多事不是他想留就能留下的道理。

王五龙的姥姥是曾经住在牛街的地道老北京回民。他没有见过姥爷和爷爷,他们早在王五龙出生前离世。打他记事起,姥姥就跟着妈妈这一大家子一起生活。20世纪六七十年代,生活物资匮乏,北京作为首都也好不到哪里去。然而只要有姥姥在,就总能变出很多好吃的。他们一家人都是回民,不能吃猪肉,当时政府专门给回民发放买牛肉和羊肉的定量副食本。姥姥和妈妈会在特别的日子。比如父亲回家的时候,拿着副食本换牛羊肉,改善生活。

走到一家胡同小馆前,他停下来指着招牌说:"这家店铺名称我知道,只是不知道还是不是原来那家店了。"他顺着保留下的建筑物框架,仔细辨认,试图找到昔日的生活记忆,以此证明存在过的痕迹。然而随着北京城的不断再建和扩大,他再也找不到少年时代的城市印记。

在店铺门前站了许久，我问："你觉得这个是之前的那家店吗？"

他摇摇头，紧接着说："不重要。老北京对我而言是一种味道。那个味道只在过去，现在要找是找不到的。"

他带着我从羊房胡同的深处走回去，不久就到了后海。王五龙不记得自己是从什么时候开始学游泳的，但他记得有一段时间，放学后他总是换上泳裤，跳进海子里，直到游得饥肠辘辘才回家。有一次，住在后海对面的同学喊他到家里玩。为了不绕远路经过银锭桥，他们决定直接脱了衣服，把书包举过头顶，踩着水游到河对岸。

经年后回头看，水和胡同，这些王五龙童年生活的常见地理风物，昔日面目早已在北京遍寻不到。对已经不存在的家乡的思念，曾驱使着他徒劳地在江南的巷子里，寻找着关于北方的潮湿记忆。

现在，他故地重游，从后海边拐个弯走到了松树街上，道路宽阔明亮。这是他上初中时常走的路。王五龙走过这条街，去看了他的初中——北京市第十三中学。到了学校门口，我为他拍下了一些和校门的合照。他忆起初中，为和著名诗人北岛做过校友，倍感骄傲。那也是他有意识接触文学阅读的开端，《红楼梦》、《悲惨世界》、《红与黑》和《钢铁是怎样炼成的》都是他那时的枕边书。

"我是一个很闷的人。"王五龙坐在离校门口不远处的公园说。对于不善言谈的少年而言，读书也许是对外界无法融入，转而构建自我世界的策略。

他不仅是家中最小的孩子，还是家族中他那一代人中最小的孩子。有一次从中学放学，他独自一人从松树街走到北海后门，穿过恭俭胡同，到了西板桥奶奶家，却被大人训斥，告诫他不许再私自出门。家里人总是对他不放心，以至于对他照顾过度，很多时候都到了不顾他感受的地步。这让他觉得，从小就被隔绝在大人的世界之外。

他望着松树街，语调轻缓："我一直渴望着从这里挣脱出来，逃走，但一直没找到更合适的方式。这个城市是我曾经的城市，似乎与我的现在和将来没什么关系。"

我问道："你是从什么时候离开北京的呢？"

王五龙陷入思索，岁月漫长，从记忆里打捞往事并不容易。"我是随着职业的变化，一步步离开这里的。"

1982年，王五龙父亲的职级被定为高级干部。政府给他们家分了两套房，一套是二环边西直门的三居室楼房，一套是广安门附近的两居室。一家人从此搬离了胡同，住进了西直门那套楼房里。住楼房至少不用再跑出门去上公共厕所，每个人也都有了独立的住宿空间。更先进的是，在那个年代，他们家率先装上了电话。

从胡同搬进楼房，带来的不仅是住所的变化，更像人生转折的先兆。这一年，王五龙18岁，结束了高中教育，迈向成年,开始进入社会工作。

流动的职业身份

站在今天回望 20 世纪 80 年代,那个时代充满了蓬勃向上的生命力,这或许不仅仅是个人的错觉。新世界在加速到来,王五龙渴望在职业选择上打破常规。

做一名工人,曾是那一代人进入社会后普遍的工作选择,王五龙也不例外。他的第一份工作是到印刷厂做印画册的工人。那时候印画册的工人有着体面的身份,这是一份稳定的工作,既受人尊敬又令人羡慕。在书籍还是稀缺品的年代,他已经接触到当时顶级的艺术资讯了。

他还记得那次印刷画册时,意外地看到父亲的画竟然被收录在中国顶级的外文杂志上。他兴奋地跑去找管印刷机的机长,说:"机长,你看,这是我爸的画。"

机长看了看,笑着问他:"你爸的画都能出现在顶级杂志上,怎么你反倒跑来我这儿当徒弟呢?"是啊,谁能想到,一个画家的儿子,竟然会跑来做一名工人?

采访过王五龙父亲的编辑恰好也在场,听到这话便走了过来。机长介绍道:"这是杂志的编辑。"

王五龙说:"我认识他,他来我们家采访过我爸。"

当时的编辑上了岁数，头发花白，仔细看了看王五龙，笑着说："还真是你啊，这画确实是你爸画的。"

王五龙得意地回应："可不是嘛。"

编辑反应过来，好奇起来，问他："那你怎么不学画画呢？"

王五龙反问："我为什么要学画画？"

"你爸是画家，你为什么不学呢？"

王五龙用一种少年老成的口吻回答："无为而治。"

也许那个时候，他心里是想像父亲一样，当画家的。多年后，他回忆起当时的回答，才意识到自己其实并不真正理解"无为而治"的含义，或者说当时并没有现在这么深刻的领悟。他隐约觉得，艺术家是天赋使命，无须刻意去学，也不必过分看重自我。比如，父亲曾去劳动改造，天天去山里放羊，但最终依然能为顶级画刊作画。而他在上中学之前，就常常拿着父亲留下的画笔和图纸，借用家中的画册临摹荷尔拜因、安格尔等画家的作品。他隐约觉得自己当时已经得到了很多人一生都无法接触到的艺术熏陶，因而更需谨慎。不过，画画的自觉，始终伴随着王五龙的成长。

做了几年工人后，他不想干了，就辞职在家，却也不是无事可做。那时候他还很年轻，总有一种想要做点儿自己喜欢做的事的冲劲。他跑去买了一些画板、素描纸之类的材料，尝试着画过一些静物。

母亲当时还健在，只是身体已经不大好，要经常住院。在医院的病床上，母亲放心不下这个小儿子，总是劝他："不好闲下来，画画不是一份职业。总归是要找个正经工作，上班做点儿什么事的。"他抚摸着母亲的手要收回，却被母亲抢先一步紧紧握住。母亲直勾勾地盯着他，要一个答复，他在母亲的注视下低头沉默不语。末了，母亲放开他的手，别过头，轻轻的叹息沉甸甸地压在他心头。

那晚他从医院回家后，望着摊开的画板和静物画沉默到黎明。太阳升起前，他把它们都收拾起来，放到了储物箱。

他积极找工作，应聘到了当时中国首家合资的空运公司——大通空运（如今的嘉里大通），担任业务员。刚入职不久，母亲病情加重，需要长期住院治疗，他开始在公司和医院之间奔波。那段煎熬的时光，随着母亲的去世，在他25岁时画上了句号。

母亲去世这件事，对当时的他无疑是巨大的打击，这份悲痛随着岁月流逝，愈加沉重。可当时他还年轻，还能够通过转换工作环境来缓解那份无可挽回的失去。20世纪90年代初，他通过努力，考到了外企公司，从此先后在意大利捷士航空货运公司和美国AEI公司等外企工作过。

在外企工作的那些年，他曾做到过中国区市场部经理的职位，月薪最高时可以拿到数千元。这在20世纪90年代的中国，极为罕见。如果在这条道路上继续走下去，他如今或许已经实现了财富自由，过上令大多数人羡慕的生活。可在外企取得的成绩越多，他越困惑，他常在下班回家的路上想："我到底是在干什么呢？"

在反复的纠结与内耗中，他在而立之年下定决心，辞去外企的工作，从此只按照自己的意愿，度过生命的时光。事后，他用了一句话来总结这段职业生涯："在外企工作，我找不到真正的自己。"

从外企辞职后，他住在西直门的房子中，确实无拘无束地画过一段时间的画。机缘巧合之下，一位发小开设了一家广告公司。发小了解王五龙在视觉领域的探索，积极邀请他加入公司。至此，王五龙开始接触商业摄影，并且一发不可收拾。

彼时摄影作为一门靠技术驱动的艺术，发展日新月异。当数码时代的摄影如同特快列车，带着20世纪90年代的影像加速驶向千禧年时，王五龙在对摄影的热爱中，以几十万的价格卖掉了西直门的那套三居室，用这笔钱购买了当时最先进的摄影设备。

我问："北京房子还有这么便宜的时候？"

他沉默了一会儿，说："那大概是2004年的事。现在卖大概可以卖到上千万。"

过了不一会儿，他又带着某种清醒的坚决，喃喃自语道："很多时候，我们以为在高处买时，可能是跌。在低处卖时，可能是涨。这20年外界发生了太多变化。涨跌不由人决定。"

2004年卖房后，他搬到了丰台区马连道附近，开始租房生活。2008 年，他彻底搬离北京城区，来到了被老北京人称为通县的通州，在宋庄租住。彼时，宋庄是一个符号，几乎聚集了全国热爱艺术的人群。

也是在这一年，他开始进行油画创作。

现在，正是最好的阶段

2023 年，在宋庄待了 15 年的王五龙在此地租住着一套 150 平方米的房子，作为个人工作室，既用作画室，也当作住所。多年的耕耘也有了回报，他如今在摄影艺术领域已小有名气。

童年的记忆和在公司上班多年的经历，沉淀为他对艺术的独特理解，这种理解最终呈现在不同的艺术门类中，成为他与这个时代对话的纽带。

2011 年，也许是手机摄影让拍摄变得习以为常，又或是技术进步到可以随意修改摄影瞬间捕捉到的现实，让记忆和现实之间出现了断裂。王五龙开始有意识地从商业摄影的喧嚣中抽离，同时对时光的流逝和影像记录的真实性有了不一样的看法。这些生命阶段的转变，促使他转向了观念摄影。

他整理了这些年走遍南北拍摄的摄影作品，通过后期制作，将不同时间和地点的影像片段拼贴成一幅照片。无论有意还是无意，创作的过程让主题逐渐显现，与之相关的元素也随之确定。

在他早期的"游园"系列观念摄影中,马和现代建筑空间作为符号贯穿其中。那些出现在观念摄影中的建筑空间,往往源自他亲自走访的博物馆、艺术区和工作室。每当进入这些空间,他总是以个人的主观印象按下快门。随后,在后期制作时,他将马这一自然生命体,精心放置到这些建筑空间内。

通过"游园"系列,他希望传达自己对"以梦为马,周游世界"这句带有诗意的话语的独特解读。时至今日,"游园"系列还在继续。

他展示"游园"系列中一张名为"游园之博物馆"的照片。照片的背景是他亲自去过的荷兰当代美术馆,在那里,供人休憩和欣赏画作的长椅上放着他的一只路易·威登手提包,而在美术馆墙上挂着的画里,一匹马头正探出画框,目光投向整个美术馆空间。

这幅作品展现了看与被看、自然与现代、梦境与现实之间的对立与统一,而这些元素正是王五龙在一个快速变化、不断重组的现实世界的感受。作品有意无意地指向了他的生命经验。

2014年,"远逝的风景"系列的拼贴摄影,更多地把目光聚焦于北方的自然风景和置身于风景中孤独的人。他对空间的关注依旧不变,可"游园"中的梦幻色彩逐渐抽象,人回归自然的独立,似乎表达着他对现代社会高速发展的回避。

与此同时,他在绘画中也逐渐走向超现实的抽象。我和他探讨那些由灰色的线条勾勒出的简洁空间:"罗斯克的抽象,马蒂斯的色彩，当代艺术两个方向的痕迹都在，色彩却没有他们艳丽，内容表达是你的生命经验。"

他对这个问题的回复，让曾经的经历在时光的流逝中，开始显现出它的真意。他回忆起自己最初的色彩启发，源自在外企工作时的奇遇。那时，他正在为一个显赫的意大利家族运送亚麻，接触的客户对他说过一句话："任何颜色都是灰色的。"

这句话，经过漫长时光的淬炼，不经意间影响了他现在的艺术表达。

2024年，王五龙从宋庄搬到了河北燕郊的一个住宅小区，在60岁时彻底告别了北京。长期以卖画为生的他，收入并不稳定，但他从未打算重新回到职场。好在今年他办理了退休手续，开始领取退休金了，这对他的创作来说无疑是一份保障。

对于年龄，王五龙并不焦虑。在他看来，年龄不过是一个数字。内心深处，他依然是那个少年，只是在与他人交往时，偶尔会从别人对他的态度中，感受到时不我待。如今，他仍旧有许多想做的事，也需要更多的独处时间来创作。除了绘画和摄影，近年来他也开始用文字回顾过去，写一些散文，并着手创作一部小说。

"谁也不知道未来会怎样，但只要感觉对，就继续做下去。"在告别之前，他对我说，更像是在对自己说，"现在，正是我最好的创作阶段。"

9

李笙

看不见自己的人

2004年，李笙出生时被取名翟欣月。很快，父母离婚，妈妈获得了她的抚养权并改嫁给杜先生，李笙也随之改名为杜欣月。此后，她的妈妈又经历了3段情感关系，并为她生下妹妹和弟弟。

她被迫承担起成人世界的动荡，被妈妈寄养在姥姥家，与舅舅舅妈一起生活。12岁时，她的生活发生了戏剧性转折——一次午睡醒来后，她从口中吐出一只死苍蝇，第二天，事情再次发生。从此，她觉得细菌和病毒无处不在，开始不敢吞咽口水，走路时频繁回头，觉得水脏。13岁，她被确诊为强迫症和抑郁症，因病辍学居家后，她抹去自己的姓氏，以欣月自称。

姥姥对欣月的疼爱，让这段迈向成人前的岁月充满了温情。18岁成年，欣月随母姓改名为李笙，开始以送外卖为生。19岁，一直庇佑欣月的姥姥去世；20岁，逐渐从疾病中恢复正常的她走到大众面前，想要问一问："你们会遇到跟我一样的情况吗？"

回顾李笙的前21年，她的人生经历展示了，一个女孩在命运的重压下，艰难而缓慢地在变化的世界中寻找自我，并探索独立身份的顽强生命力。

一个人，没有同类

12岁那年，我开始不敢吞咽口水。

在不敢吞咽口水前发生过一件很奇怪的事，我曾连续两天睡醒后，从嘴里吐出一只死苍蝇。从那之后我认为空气中有细菌和病毒，而咽口水会置我于死地。起初，我只是不敢吐口水，慢慢地我开始走路频繁回头，接着我开始一天洗40多次手，最后我觉得水也不干净，索性连手也不洗了。

这些症状出现时，我已经跟姥姥姥爷、舅舅舅妈一家住在一起。我隐约觉得自己可能出问题了，不愿意让年迈的姥姥为我操心，我偷偷地跟舅舅说："你能不能带我去看病？"舅舅带我从河北高碑店来到北京回龙观医院，遇到了梁红医生。经过专业的检测，她告诉我："你得了强迫症和抑郁症。"

舅舅问医生："她为什么会有这个病？"医生解释道："强迫症是常见病，但不敢吞咽口水这个症状挺典型的。"至于病因是什么，她也不知道。

总之，在13岁这一年，我被正式诊断为抑郁症和强迫症。

从这时起，我开始每两周坐一次火车，从高碑店站坐火车到北京南站。这趟一个多小时的火车上，一开始是舅舅和我两个人，后来变成我一个人，持续至今。

在这个过程中，我的日常生活发生了翻天覆地的变化。

因为不敢吞咽口水的强迫症，我只能把口水吐出来。在家里，我可以随便吐在地上。上学时，我把口水吐在纸巾里。正常情况下，一个成年人一天分泌的口水量通常在 0.5 升到 1.5 升之间，相当于一到两瓶标准矿泉水的量。有时候，纸巾用完了，我会吐到领口或者衣袖里。老师觉得我有一些异常，他没想到这是一种病。我也没有告诉他我得病了。学校里的同学也觉得我很奇怪，关系好的朋友们跟我约法三章：第一，捂着嘴吐；第二，不要在她们喝水的时候吐；第三，建议我随身带着桶吐。她们都没有恶意，对我也很好。只是，关于疾病，她们跟我一样无知。

更大的问题是，疾病频繁地干扰我的学业，我无法专心听课和写作业。小学时我的成绩很好，可以在班级里排在前六七名。可是患病后，在课堂上我总是控制不住地关注铅笔滑过纸张后迸溅的铅末、橡皮擦除铅字扬起的橡皮屑。我的注意力全都被它们占据，成绩自然一落千丈。渐渐地，不安全感从课堂内蔓延到课堂外，路上的扬尘、别人说话时喷溅的口水都让我害怕。我开始走路的时候不停地回头。从家到学校，短短的路程，我能一步回 80 次头。从学校回家后，我立刻把门锁上，抵御着连自己也说不清楚的外在威胁。

没有人理解我到底发生了什么，医生不能告诉我病因是什么，老师朋友无法理解。哪怕现在，我都21岁了，也无法理解当年的自己。

初一上学期，我被迫辍学。

我辍学，姥姥是最伤心的人，可她无能为力。我出生在河北高碑店的一个村庄里，那里很多人一辈子都没听过"抑郁症"和"强迫症"，甚至连这6个字都念不对。

当时，我从北京确诊后回到家，姥姥关心地问："医生怎么说呢？"

舅舅说："强迫症和抑郁症。"

姥姥问："那是什么呀？"

舅舅说："不想干这件事，但是必须干这件事。"

这是他们的认知极限。

在我13岁辍学到18岁成年的岁月里，生活几乎被3件事填满：睡觉、追剧和画画。村子里的人看到我这样，说我是废物、垃圾，是个伤风败俗的人。

姥姥从未以那样的眼光看待我，尽管她也无法理解我身上到底发生了什么。但在她眼里，我始终是个天才，只是被疾病拖慢了步伐。即使我因病极度嗜睡，最长的一次甚至睡了十七八个小时，姥姥也没有任何怨言。

这段时间除了睡觉，看漫画给我带来了很多乐趣，偶尔我也会自己动手画一画。在这段孤独的时光里，我开始看清楚很多人和事，也深刻体会到姥姥才是这个世界上最爱我的人。我的病情逐渐好转，离不开姥姥无微不至的照顾和接纳。

每晚临睡前，姥姥总会在我床边放一个盆，说："你要吐口水就吐在盆里。"她会提醒我按时吃药。药吃完后，还不忘叮嘱舅舅帮我买新的。当我因未能继续学业而感到愧疚时，姥姥还在安慰我："你没有对不起我，你能正常上班，我也高兴。"那时，我已经在家待了很久，成年后能否融入社会依然是未知数，姥姥却始终毫不怀疑地信任我。

姥姥去世之后，我喜欢和别人谈论她，都是一些细碎却愉快的记忆。有次，她去镇上的集市买东西。临走前，仔细地端详着我的脚，念念有词："小月，我给你买一双凉鞋吧。"我大门不出二门不迈，哪里需要什么新鞋子。

我穿上旧鞋展示给她看，说："不用买，你看以前的还能穿呢！"

姥姥还是执意要给我买，她就想看我打扮得漂漂亮亮的。

还有一次，她从集市回来后，高兴地跟我说："你猜猜我遇到谁了？"还不等我回答，她又自顾自地说："你班上的同学，她说你成绩最好，是班上最聪明的孩子。"

高兴没多久，她又忧心忡忡地自言自语："是不是咱们家风水不好，才连累你变成这样。让我这个老太婆吐口水，走路回头吧。多好的孩子啊，你不应该遭这个罪。"

我的姥姥，完全没觉得我对不起她。

当然，除了姥姥的照顾，梁红医生也给了我很大帮助。13岁时，我去北京回龙观医院复诊，跟梁医生说："我想自杀。"第二天就接到了医院的电话，说："我们很不放心您，您还好吗？还想自杀吗？"

那是除了姥姥之外，第一次有人这么在乎我。

这些善意为我搭建了一个恢复的空间，在坚持吃了两三年药后，我终于在15岁时不再吐口水，16岁开始逐渐恢复正常。当时一位女性长辈来家里串门，姥姥自豪地对她说："小月现在病好了，她现在都不吐口水了。"

然而，18岁时，我同母异父的弟弟出生了。我和姥姥都觉得他不应该来到这个世界受苦，那时候我刚刚好转的病又恶化了。

我曾有过3个名字

我还记得第一次见到弟弟的场景。

妈妈和她的第5个情人张先生像往常一样回家。张先生扬扬得意地对我说："你妈妈给你带来了一个惊喜。"当时张先生的妹妹也在，她说："你去屋子里看看。"

一个婴儿，猝不及防地出现在眼前。那一刻，被妈妈背叛的痛苦和对婴儿的怜悯交织在一起，我控制不住地呕吐了起来。在内脏翻江倒海的眩晕中，我在这个婴儿的身上只看见了重复的命运。

2004年，我在妈妈第一段婚姻中出生，也是她的第一个孩子，随父姓取名为翟欣月。大概在3岁的时候，父母离婚。离婚时，生父一次性给了我一万多块的抚养费后，在18岁前再也没有为我做过任何事。这等于把抚养我的责任转而压到了姥姥、姥爷和妈妈身上，伤害了姥姥。妈妈拿到了我的抚养权，我和生父从此失去联系。

离婚不久，妈妈嫁给了刑满释放的杜先生。她对我说，你要把杜先生当成你最亲的人。从此，我被改名为杜欣月。然而，杜先生和他的家人从未接纳过我。在杜先生家里，我吃东西都要小心翼翼。有次我饿了，想吃水煮蛋，杜先生的爸妈说没有。我看到桌子上有小饼干，就去拿。可手还没碰到，就被他们用力推倒了。我摔在地上疼得背过气，缓了好久才哭出了声。

在杜先生家里，我总莫名其妙地挨打。常常是在饭桌上，正在吃着饭，不知道是哪里表现得让杜先生不满意，一筷子就飞敲到头上。他打我，有时候妈妈在，有时候不在。但无论在与不在，似乎都没什么区别，反正我挨打已经成了家常便饭。

2009年，杜先生和妈妈的女儿出生了，我的处境更加艰难。那段时间，我正在上小学一年级，有次数学考了27分。杜先生知道后，在邻居面前指着我说："这个弱智，什么都不会。"我难堪得无地自容，在梦中都忧心忡忡。

有一年冬天的半夜,杜先生和妈妈发生了争吵。我们母女俩被赶了出去。那天晚上,我们在月光下,深一脚浅一脚地走到小姨家借宿。不久后,杜先生起诉离婚。妈妈的第二段婚姻就此结束,妹妹被杜先生带走抚养,我们也彻底失去了联系。

在妈妈跟杜先生离婚后,我想改名字。她恨上了我,指责道:"你吃了杜先生的饭,怎么敢改名字。"好像杜先生对我的伤害,都没有发生过。无家可归时,姥姥收留了我。她把我转学到了附近的学校。这是我短暂学生生涯和迄今为止的生命中,最为平静惬意的时间。因为没有人打我,我的成绩突飞猛进,还一度当上了小组长。在这段时间,我刻意不去关注妈妈的生活状态,忽略掉内心的不安,小心翼翼地维持着这种稀松平常的生活。

可妈妈怎么会这么轻易地放过我呢?虽然她不常在我的生活中,可存在感依旧强烈。她和温先生在一起时,吵架了、被打了、缺钱了,都会打电话回家求助。直到她和温先生分手,又找了王先生。就这样,她通过深夜的电话铃声,仿佛幽灵般宣告着她的存在。那段时间,我特别害怕电话铃声,因为每次响起,都预示着不祥的消息即将到来。

直到某年过年,我已经退学在家休养。舅舅突然把我从这种安稳的生活中拉回现实,我被迫面对生活的真相。因为和第4任丈夫王先生在山西过年时发生了矛盾,妈妈决定回家过年。临近春节,她买不到车票,便把身份证信息发给我,再给舅舅打电话让他帮忙买票。原本应该是件简单的事，却劳动了一家人，仿佛一切都得围绕着她的需要来运转。

如今，她离开了王先生，又回到了姥姥家。她的出现，让我生活中的千疮百孔瞬间暴露无遗，我像个赤身裸体的婴儿一样又一次被迫面对世界。

果然，在姥姥家住了没有几天，妈妈又跟舅妈吵架，我的处境尴尬，最终只能跟妈妈搬出姥姥家居住。在这段时间，妈妈遇到了她的第5个情人——张先生。之所以说是情人，是因为他们没有领结婚证。

和张先生在一起时，妈妈40多岁，已经不适合生育。可她还是瞒着我们怀孕了。她怀孕后，总是穿着厚厚的衣服。姥姥当时见了，疑惑地问："你不热啊？"她斩钉截铁地回复："不热。"

所以，我看到弟弟那一刻的愤怒，不仅在于她骗了我们，而是她很可能在这个过程中无意间伤害自己。她怀孕的时候，我常常让她帮我拿快递，如果在这个过程中，她出了什么事呢？我现在都后怕。

如同前4段婚姻一样，妈妈和张先生也很快分开了。分开前，张先生提出两种选择：一是妈妈带着儿子，但他不支付任何抚养费；二是把儿子交给他，母子关系彻底断绝。重男轻女的妈妈自然不同意把弟弟给张先生，经过一番拉扯后，最终因经济压力，她选择了放手。后来我听说，照顾这个弟弟的奶奶去世了，只有爷爷在管他，再后来我们也完全失去了联系。

妈妈一直都是这样，轻率地开始一段关系，再粗暴地结束它，完全不顾及这可能给身边亲人带来的伤害。她从未独自抚养过一个孩子，妹妹是被她奶奶带大的，弟弟是张先生抚养。我和她在一起生活的时间不长，可即使是这样，在我什么都没做的情况下，她还是会无缘无故地打我。真正保护和养育我的人是姥姥、姥爷、舅舅和舅妈。

18岁成年后，因为要看病以及做什么都没钱，我主动找过亲生父亲翟先生。

我去了派出所，管户籍的警察没法告诉我翟先生的具体住址，而是鼓励我去离得很近的村子碰碰运气。我去了隔壁村子，询问路人后，他直接把我带到了翟先生家里。当时翟先生不在家，是他太太开的门。

我问："你好，请问翟先生在吗？"

"翟先生不在，他住在工厂里。"她回复。

我低头看了一下手里拿着的钥匙，心里一紧，继续开口："你能不能把翟先生的联系方式给我？我爸爸拜托我给翟先生送一串钥匙。"

她看了我一眼，似乎没有多想，就把电话号码给了我。通过这个号码，我加上了翟先生的微信，哆嗦着手给他发去了一句话："我是欣月，给我钱。"

他很快回复："怎么证明？"

就这样，在经历了 15 年的分离后，我用了半个小时的时间找到了他，用两句话，让一家三口在便利店再次相见。

翟先生见到妈妈后，指着我问："为什么她没有一直上学？"

妈妈看了我一眼，又看看他说："她不想上就不上了。"

她没有告诉他，我生病了，而是把一切责任都推到了我身上。

我跟翟先生私下解释，我是因为生病才辍学的。和村里其他人一样，他并不真正理解这是什么意思。那一刻，我对妈妈是有恨的，不过以后她老了，我想我还是会像照顾舅舅舅妈一样照顾她的。

18 岁前，我对外一直自称欣月，除非万不得已不会在名字前加上姓。

有一次，邻居的女儿问我："那你姓什么？"我拒绝回答这个问题，我不承认自己姓翟，也不承认姓杜。十五六岁的时候，我问过姥姥能不能跟她一样姓王，姥姥说我应该随妈妈姓李。

18 岁时，我给自己改名为李笙，开始进入社会生活。

我看不见自己

我开始以送外卖为生。其间也尝试过去奶茶店或蛋糕店做店员，最后还是做回了外卖员。在河北省高碑店市，100 个外卖员里大概有六七个女生吧，数量不算多。

根据我的经验，做外卖员比做奶茶店店员好。外卖员可以自由选择上下班时间，领导也不会过多干预。尤其是暑假，晚上订单多，气温适宜，骑车送餐也变得很舒服，我甚至可以上班到凌晨。

很多人觉得送外卖很辛苦，我不否认，但也有不少有趣的时刻。比如，有次我抢到了一个特别近的订单，只有100米的距离。有天晚上10点多，我去24小时便利店取货，准备送到宾馆。老板给了我一个不透明的塑料袋，我笑着问："这是安全套吧？"他大笑着回答："没错。"

夏天送外卖确实很热，但有时也能遇到体贴的客人。记得有次中午，我送的家常菜油洒出来了，想着得当面道歉。没想到，客人不仅没有生气，还关心地说："这么热的天，真辛苦了，等着我给你拿瓶冰水。"他去冰箱里拿了一瓶冰水，还叮嘱我慢点儿喝。还有些客人会在门口拿着饮料等我送餐，送到后还会把饮料递给我。

还有一次，我送外卖路上不小心剐蹭到别人的车。当时车主不在，我就留下了自己的联系方式。后来他给我打电话，我说："我没有钱，只能等发工资后再还给你了。"

他说："我没打算让你还，我就是看你这个小孩挺实诚的，给你打个电话。"

和不同人接触时，他们释放的这些善意，让我很快乐。

送外卖每个月收入大概能有四五千块。我不买化妆品，也不追求漂亮衣服，没有房贷、车贷，30岁之前也不打算生小孩。虽然每天都需要吃药，但这些钱足够维持我的日常开销。我曾给自己买过一个平板电脑，还买了画画的工具。辍学在家那段时间，我特别喜欢看漫画，有时候也会自己画。虽然现在手很不灵活，也有好久没画了，但我知道，我会永远喜欢画画。

在送外卖的时候，我也在探索这个世界。比如，我喜欢上了歌手李宇春。她出生于1984年，比我大20岁，20年间时代变化很快吗？我不太清楚。和我同龄的人大多都在上学，很多人都喜欢蔡徐坤。不过，我并不是一开始就喜欢李宇春。小时候，我觉得她既不像男的，也不像女的，当时大家把这种风格叫作"中性风"。

到了14岁时，我无意中看到她代言星巴克，心想：这个人真厉害，连星巴克都能代言。几天后，我又看到她穿着漂亮的白色西装唱《给女孩》，那首歌的歌词是："请相信自己是很美好的存在，不用怀疑这是宇宙独一无二的色彩，愿你被这个世界温柔以待，心中撷满爱，卸下所有防备自由自在。"

我一下子就被李宇春吸引了。在送外卖或等餐的时候，我常听她的歌，觉得她不仅长得好看，衣品也很独特。后来，我看过李宇春的一个采访，她妈妈录了一段视频，回忆起李宇春小时候调皮捣蛋的事情，像是用橘子砸灯泡，放火烧作业把垃圾桶也烧了。李宇春当时跟主持人说，妈妈记得这些事是因为她曾经为此打过李宇春,所以一直心存愧疚。这段经历莫名触动了我。

正是在这个时候,我开始尝试一些新的事情。出于好奇,我剃了光头。我发现自己剃光头比长发好看多了。从那以后,我就再也不打算留长发了。那时姥姥还在世,她看到我剃光头时说:"你这个发型能把你老舅气死。"

果然,每到节假日见到舅舅,他都会说:"一个小姑娘怎么能剃这么短的头发?"在这以前没有人告诉我,一个小姑娘应该是什么样子。其实每次剃完头,如果不是别人提醒,5分钟后,我就会忘了自己是光头。

我19岁时,姥姥73岁,因病去世。

在这之前,她因为帕金森卧病在床很久了。可我从来没想过她会死。因为我太姥姥活到了93周岁,我心里一直都认为我姥姥也会活到这个岁数。

她去世那天是1月23日,快过年了,外卖工资会翻倍。我想着多赚点儿钱,过年给姥姥买一件新衣服。妈妈的电话打了过来,我接了,等着她开口。

她说:"姥姥走了。"

我立刻挂了电话。寒气从脚底窜到头顶,我以为自己大脑空白了很久。"姥姥走了?是在医院走的,还是家里走的呢?我现在该回家还是去医院呢?"

但其实挂了电话后,就给小姨打了电话问:"姥姥现在在哪儿呢？"

小姨带着哭腔说："你快回家吧。"

我回家后，只见到已经包裹好的姥姥，当场就扶着墙吐得天昏地暗。

我第一次看见死亡，是在姥姥的葬礼上。

现在回想起来，我好像从没给过姥姥钱，也没有给她买过衣服。偶尔给她带过一些吃的，次数也不多。而那些东西，大多数都是我买了就放在她的房间里，然后匆匆离开。直到今天，我都不清楚那些东西，她到底吃了没有。只有一次，我买了一份饺子，问她吃不吃。她说吃，我就拿了碗，放了几个饺子，倒了些醋，又拿了双筷子给她。她那时是自己拿筷子吃的。其实我当时应该喂喂她的。

我过20岁生日这天，没有听舅舅的阻拦，特意带了5个面包和1瓶奶，去给姥姥上坟，磕了6个头，寓意六六大顺。

姥姥去世之前，我喜欢李宇春，很想去看她的演唱会，现在兴趣也淡了。看不看的，又有什么所谓呢？以前我以为姥姥去世后，我会跟她一起走。现在她真的走了，我还在继续生活着。

成年后的这3年，虽然生活并不算特别好，但至少不像前两年那样生病，能像正常人一样活着了。如果你问我，如果有机会做富二代，我还愿不愿意来到这个世界，我会选择把这个机会让给别人，不再来了。

我曾经想过当医生，可因为生病，现在看来这个梦想已经不太可能实现了。如果将来有机会，我希望能成为一名漫画家。至于送外卖，这份工作在短期内我应该还会继续做下去。至于结婚生子，在 30 岁之前，我应该不会有孩子。如果将来真的有了，不管外界怎么说，我都会坚持让孩子跟我姓。

不过，在生活继续向前推进之时，我的内心一直充满困惑。众所周知，我初一生病辍学后，彻底与同龄人脱节。同样的年纪，他们可能会因为没有考上好学校感到自卑，但我从来没有这样的想法，自从姥姥去世后，我常常因为没能好好照顾她而觉得自己没用。18 岁成年后，我匆忙进入社会，开始打工，身边几乎没有可以参照的坐标系。

我一直都看不见自己。所以，我渴望站在大众面前，问一问："你们也是跟我一样这么长大的吗？"

10

昕瞳

新的眼睛,新的开始

一场突如其来的车祸，让18岁的昕瞳失去了右眼眼球。这场变故打乱了她的人生规划，也彻底粉碎了她成为舞蹈演员的梦想。面对身体的残缺与外界的异样眼光，她曾一度陷入深深的绝望。

然而，生活没有"如果"，只有"如何"。

在短暂的悲伤过后，她决定成为自己命运的主人，积极复健，完成舞蹈学业，并在毕业后回到北京，如愿以偿地成为一名舞蹈老师。在这个过程中，她不仅重建了自信，还了解到全国有将近500万人和自己一样需要佩戴义眼。

为了帮助自己，也为了帮助他人佩戴上逼真又美观的义眼，她毅然转换职业路径，从零开始学习义眼制作。现在，昕瞳不仅给自己制作了一颗新的眼睛，还创办了一间义眼制作工作室。

从舞蹈老师到成为义眼制作师，昕瞳用坚韧与勇气重新定义了自我，找到了新的方向。她的故事，不仅传达了一个人重生与自我接纳的达观态度，更是一曲对生命力的赞歌。

那天，是她最后一次完整地看世界

昕瞳记得那个冬天从内蒙古回山西的旅途，爸爸在开车，她和弟弟坐在后排。那时候她18岁，正值青春年华。这是她在北京海韵军乐艺术学校学习舞蹈的第三年。她身材高挑，青春无敌，在美丽的年纪里，也正追求着美。

昕瞳的爸爸是一名货车司机，自打第一次摸到方向盘到现在，数十年来都没有换过职业。他是一位传统的中国家长，不善言辞，长年在外跑车，陪伴孩子的时间不多。可每次从外地跑车回家，总会给昕瞳和弟弟买支雪糕、带件新衣服或是玩具。那天，一家人像往年一样回山西探望爷爷奶奶和姥爷。

"刹车好像失灵了。"昕瞳爸爸略带慌张地说。

听到这话，昕瞳有点儿蒙，她把目光从车窗外快速倒退的风景中，移向驾驶座。这是她这辈子，最后一次用两只眼睛完整地看到整个世界。两秒钟后，她从车内飞了出去，头朝下磕到了高速路边的一块石头上，右眼从眼眶里掉了下来。

"好像有人在背后拿着棍子敲了我一下。"车祸过去很久以后,昕瞳回想起事发后的场景,依旧有些蒙。隔着血红色的视野,昕瞳的记忆清晰又模糊。妈妈率先朝她跑过来,跑步的姿态像是八爪鱼第一次走上陆地一样歪歪扭扭,爸爸正在用力推着被挤压变形的车门朝她喊着什么,弟弟呆立在汽车旁边。

昕瞳觉得周围的一切离自己既遥远又亲近,眼前发生的一切都像一出滑稽的哑剧。她张嘴想问:"你们在干吗?"却听不到自己的声音,一直有黏糊糊的液体遮挡在眼前,阻挡了她的视线。她抬手想揉揉眼睛。下一秒,手就被踉跄着赶来抱住她的妈妈死死地按住。

妈妈喘着粗气,牙关咬紧,面部扭曲地死死盯着她,嘴唇一张一合地说着话。昕瞳觉得累极了,她彻底瘫软在妈妈的怀抱里。周围的声音像从信号不好的收音机里发出来的一样,混乱嘈杂,昕瞳努力地辨认。"……快去医院……""……叫不到车啊……""打120啊……""千万不要让她睡着了,要跟她一直说着话。"

残音吱吱啦啦地灌注进耳膜里,她听到却难以辨别出这些词语承载的意义。每当她要滑向睡眠边缘时,就有人用手摇晃着她,一直在她耳边聒噪:"昕瞳……昕瞳啊,昕瞳别睡啊……"她烦躁得厉害,心里大叫着"不要吵我睡觉",临到嘴边却只有微弱的吐气声。

在清醒和昏迷的边缘，昕瞳试图理解自己的处境。伴随着理智清醒，身体上剧烈的疼痛也逐渐苏醒。她想，我大概是出车祸了。可出车祸具体是什么意思，她又不知道了。分不清是疼痛还是太渴了，又或是没办法睡觉的缘故，她哭一会儿歇一会儿，反反复复地，整个人像是被暴晒后奄奄一息的鱼。

那天的车祸，只有她伤得比较重。家人在高速上拦了十来分钟车后，一位好心人把他们就近送到了内蒙古的一家医院。内蒙古的医生处理不了她的伤情，只简单包扎后，就立刻安排救护车把她送到了北京的医院。躺在北京医院的担架上等待治疗时，昕瞳恢复了意识，了解到伤势的严重性。

爸爸妈妈握着她的手，安慰道："闺女，别怕。咱到北京的大医院了啊。"

"我身上发生了什么？"昕瞳问。

爸妈陷入沉默。妈妈轻轻地摸着她的头，止不住地流泪，顾左右而言他："你放心，没事哈。不管发生什么，爸妈都一定会把你治好的。"

在一个个检查室不停辗转时，昕瞳大约知道是眼睛受了伤。漫长的检查过后，医生下了最后通牒："右眼眼球需要摘除。"

昕瞳不可思议地看向医生，又不可置信地转头看向爸妈，泪流满面地抓住爸妈的手，撕心裂肺却虚弱地喊："怎么回事？"

爸妈也跟着流泪，望向医生说："医生，孩子还这么小呢。您想想办法吧，不要摘除她的眼球啊。"

医生的表情同样凝重，说："保不住了，必须尽快摘除。"

听到这儿，昕瞳费力从担架上跪起身，"我求求你们，不要把我的眼球摘掉。我才18岁，摘掉眼球后，我要怎么生活？还怎么跳舞？"

医生和爸妈看到她这样，要把她扶起来。混乱中，昕瞳紧紧地抓住医生的白大褂，"医生，你看看我，我叫昕瞳，从8岁开始学舞蹈，学了10年。我还想继续跳舞，我不能没有眼睛。哪怕看不见也行，但是能不能不要摘除我的眼球？求求你了，医生！"

三人合力小心地把昕瞳安抚到床上，医生沉痛地对昕瞳的爸妈说："眼睛的神经掉出来了，无论如何都留不住了。你们考虑下，尽快做个决定吧。"

爸妈流着眼泪，带着颤音劝她："咱们先把眼前这个难关过了，以后的事走一步看一步，好不好？"昕瞳绝望地躺在病床上，筋疲力尽地沉默流泪。不久，医生把手术同意书放在了她的手下，她在摘除眼球的同意书上，颤颤巍巍地签下了自己的姓名。

随后，她独自躺在无菌隔离室内的担架上，全身如同刀劈斧砍一样疼痛。等待主刀医生拿术前检查报告单那20分钟的空白时间，像半个世纪一样漫长。进入手术室后，在清醒前听到医生对她说："你现在可以睡一会儿了。"

昕瞳说："好。"话音刚落，她就回到了安宁的怀抱。

她划起了自己的小舟

手术成功后,昕瞳还有生活要面对。

她的灵魂困居于残损的身体,被疼痛压制。健康状况稍微好一些后,她偷偷溜出病房,去照镜子,却完全无法接受镜中的空荡。失去一颗眼球,不仅是视觉的缺失,更是伴随一生的缺憾。

伴随着眼球的摘除,失去的还有对世界的立体感知。昕瞳不仅需要重新适应曾经熟悉的世界,还需要处理外界面对她时,无意展现出的探究眼光。她把自己封闭起来,不愿意和外界接触。

出院后在家休养,对昕瞳一家而言是一段艰难的时光。爸爸把工作停了,和妈妈一起在家陪伴着她。他们细心地照顾她,给她力所能及的一切。唯独不能给她眼睛。和"眼睛"有关的一切,都成了禁忌。可是这个无法讲出口的词,却无时无刻不存在于一家人生活中的每个角落。昕瞳起床、穿衣、吃饭的每一个日常生活中的不适应,都在提醒着她曾经的拥有和现在的失去。

有次吃饭,见昕瞳胃口不错。爸爸难得语气轻快地在餐桌上提道:"你喜欢跳舞,咱们可以继续跳啊。"听到这儿,昕瞳重重地把碗筷放下,气氛瞬间冷了下来。妈妈见状,立刻岔开话题:"好好吃饭,你提这事干吗?"爸爸小心翼翼地低头吃饭。

"是啊,我去站在舞台上让别人笑话我是个独眼龙吗?"昕瞳浑身颤抖着说。

爸妈低着头,像做错事的孩子一样,僵硬地端着碗筷,沉默。

"说话啊,你们为什么不说话?"昕瞳歇斯底里地质问,"是你开车把我搞成这样的,你说话啊?"

餐桌上,只余下难以承担的沉默。

昕瞳猛地站起身,因为视野受损,身体踉跄着。爸妈同时站起身来,要伸手扶她。她甩开他们的手,一脚深一脚浅地走回房间,重重关上门,沉在床里,用被子紧紧裹住自己,哭累了就睡着了。

等她再次醒来,天已经黑了。她出卧室接水喝,打开门看到爸爸正瘫坐在她门口,睡着了。听到她出来,立刻站起来。昕瞳愣了一下,继续去接水。爸爸见状,立即跑过去帮忙。昕瞳转身便回卧室,关门的一瞬间,仿佛听到爸爸说:"对不起,如果有可能的话,我希望受伤的那个人是我。"昕瞳停顿了一下,回复道:"可现在受伤的是我。"

重新躺在黑暗中,她睁着眼望着一片虚空,思绪却回到了舞蹈练功房。有一次,电视台举办晚会,来学校选伴舞的舞蹈演员,她被选中了。那个寒假,她没有回家,和朋友们一起在舞蹈室练习。练累了就睡在彼此的舞裙上,一群女孩子叽叽喳喳地说着话。那时候,大家的未来虽然朦胧,却也充满了无限遐想的空间。

"哎,昕瞳,你以后想干吗啊?"不知道是谁把话题引到了她身上。

"我想继续跳舞。"她懒懒地躺在别人的舞裙上,脸贴在臂膀上,闭着眼睛小憩。

"那就得考大学啊。"

"考就考呗。"她漫不经心地回复。

朋友突然把脸转到她面前,小声问:"那你想考北京舞蹈学院(简称北舞)吗?"

心思被人猜到,昕瞳有些不好意思,她用手把朋友的脸往外推一推,反问道:"谁不想考北舞?你不想吗?"

朋友又重新躺回去,悠悠地说:"是啊,这里谁会不想去考北舞呢。可……"

可北舞多难考啊,那时候昕瞳在心里补充着朋友没有说完的话。可就算再难,她原本是有机会试一下考北京舞蹈学院的,那是她的梦想。现在,她连尝试的机会都没有了。

想到这儿,昕瞳把脸重重地埋在了枕头里。

这样的日子过了差不多半年。有一天早上,她被窗外的鸟叫声吵醒,意识清醒后,她有一种久违的满足感。她没有急着睁开眼,而是静静地躺在床上,试图留住这种美好的感觉。当她睁开眼,重新望向周围的空间时,受限视野带来的不平衡感逐渐被习惯所取代。虽然不知道改变是如何发生的,可它就是这样发生了。

昕瞳有些欣喜地起床,打开房门,在屋子里活动着,自在感取代了迷失感。"身体好像比我更懂得适应现状。"昕瞳想。在这个普通、平常的早上,一个奇妙的想法活跃起来:也许我可以把学上完。这个想法如此自然而然地出现,给了昕瞳莫名的勇气。

抑郁和感伤一扫而光,随之而来的是一种迫不及待的渴望,仿佛一切又充满了生机。她跑到镜子面前,摸着镜中失去了一只眼睛的脸,现在它又重新焕发了生机,这让她觉得命运并没有完全放弃她。

"我的生活还没有结束。我想要什么样的自己由我决定。问题的关键是,我想要什么样的生活?"

当她开始面对最难以承受的现状之后,呼吸松快起来,肩膀上的无形重担好像也卸了下来。她挺了挺腰,直盯着镜子中的自己,情不自禁地举起了双手,面对着镜子跳起了简单的舞步。

重新开始生活的决定是容易做出的,然而践行它并不简单。昕瞳开始愿意走出家门,哪怕只是出门散散步,或是听听音乐。一路上,总会遇到那些盯着她的脸看的人。她嘴上说着不在意,其实在意都跑到了心里。可比起这些,她知道自己有更重要的目标要完成。

失去眼睛一年后,她安装上了义眼。义眼也仅仅可以撑起眼眶,让右眼看起来不至于空洞,看起来不仅不美观,还非常假。昕瞳不愿意把重心放在已经无法挽回的事实上,她用一块纱布遮住了右眼,重新回到学校,再次置身于舞蹈的怀抱。同学们早已知道她的遭遇,她们用平常的态度,给予了她最大的尊重和最深的敬意。

然而,现实的困境是存在的。比如,因为空间感和距离感较弱,昕瞳跳舞时对身体的掌控感变弱,磕绊和受伤的频次增加,空翻和大跳的动作也总是不够标准。她不想被困境限制住,就在同学们吃饭时,独自一人练习,在不断地摔倒和适应的过程中,她花费了极大的努力,保持着和同学们一样的动作完成度。她用这种方式,忘记了那场灾难,仿佛她还是以前的自己。

直到上古典舞课,她像往常一样完成高难度的舞蹈动作。在忘我的旋转中,生命力在脚尖绽放,仿佛她生命中的裂痕从来都不存在。已经安装上的义眼仿佛也感受到了她的热情,迫不及待地飞出了眼眶。在义眼飞出的那一瞬间,她猛然停住舞步,在旋转和静止的撕扯中匍匐在地上,像鹌鹑一样把脸埋在双手里,窘迫得不知所措。室友了解她的情况,连忙找到了义眼,塞到她手里。两个人手牵手冲出了舞蹈教室。昕瞳躲到盥洗室内,把义眼安放进眼眶,望着镜中的自己,泪流满面。

在流成小河一样的泪水里,她意识到,如果一个人不愿意划她的小舟,那就永远也过不了河。在车祸发生两年后,昕曈不再假装一切都正常,她开始全然接纳现在的自己。

世界其实很包容

5年的舞蹈专业训练即将结束,毕业季的伤感被前途未卜的迷茫冲淡,所有毕业生都会经历这个阶段的自顾不暇。

昕曈独自走在校园里,发现身边涌入许多新鲜的年轻面孔,这才真切地意识到她在舞蹈学校的求学生涯已经悄然落下帷幕。宿舍里,大家偶尔会讨论起未来,无疑都是去更高学府深造。而她们憧憬的学校,早就从昕曈的生活中消失了。

毕业后,昕曈回到山西,考入了当地一所专科学校的舞蹈专业。相较于北京的舞蹈氛围,这里的一切显得平淡许多。她曾经向往过更大的舞台,但现实却把她引向了另外一条道路。大学时期对她而言,也是复健的关键阶段,她常常请假看医生。好在她从来没有放弃过自己。凡是能回到大学上课的时候,昕曈都会保持着每天跑步、练功和跳舞的生活节奏。

偶尔,她会怀念起8岁时,妈妈骑着自行车送她去周六日的舞蹈兴趣班上课。她坐在车后座,摇摇晃晃地练着老师上课教的动作，小腿一晃一晃地随着车轱辘摆呀摆地往前走。15岁时，意识到自己志不在学业后，昕瞳果断放弃读高中的机会，说服爸妈送自己去北京学习舞蹈。甚至她偶尔会怀念起刚到北京学舞蹈时，技不如人又想家，哭着打电话回家的情绪化时刻。然而，更多时候，她怀念在北京练舞的生活。同学们都发自内心地热爱舞蹈，大家既是朋友又是竞争对手，为了练好一个动作，彼此心里都憋着一股劲儿，各自用功。在对过去的回望里，她真正怀念的其实是，每次在练功房里练到汗水浸透衣衫、为做好一个动作而拼尽全力的自己。

那时候，谁能想到作为兴趣的舞蹈，会成为帮助她在后来振作的目标呢？

在对舞蹈热爱的支撑下，昕瞳度过了大学生活。2016年，昕瞳大学毕业。爸妈经历过可能会失去女儿的恐惧，也知道外界对女儿可能会有的偏见，他们想为她安排一份在收费站做收费员的工作，既安稳又能保护她。昕瞳拒绝了，她想回北京找工作。在回北京前，一家人开诚布公地沟通过。

"你完成了舞蹈专业的学习，也毕业了。现在咱们也要现实一些，咱们这样的条件，怎么可能有人愿意给机会呢？"爸妈不理解女儿的决定。

"别人给不给机会是一回事，我找不找是另外一回事。"昕瞳坚持选择。

"北京竞争这么激烈，在家里陪在我们身边，安安稳稳的不好吗？"

"我要回北京。"昕瞳说。

没有太多无谓的情绪和争执，昕瞳做了决定，收拾好行李，再次回到北京。她给舞蹈培训机构投简历，获得了面试机会。到了面试现场，别人看到她的样貌，理解她的处境，然后拒绝了她。

"你的舞蹈能力、沟通能力还有教学能力都很好，可你的情况不适合我们。有些孩子和孩子家长会不接受。"舞蹈培训机构的理由直白而真诚。

对于这样的结果，昕瞳接受但不气馁。面试到第三家舞蹈培训机构时，负责人欣赏她的勇气，给她提出折中的工作邀约："可以先做前台，我们看看学员的反馈。后续再看有没有教学的机会，你看呢？"

昕瞳接受了这份工作，开始在前台接待前来报舞蹈班的家长，她发现家长和孩子们并不会抵触她的长相，反而会被她的积极和热情感染。等到家长们接受她之后，她开始做主教老师的助教，在孩子们练舞蹈的过程中，纠正他们的动作。就这样一步步地，凭着对孩子们的关心和专业的舞蹈能力，她赢得了教学的机会，走到了主教舞蹈老师的岗位。

在舞蹈培训机构教孩子们跳舞的日子，是昕瞳最开心的时光。那些小孩子天真无邪，看到她与众不同的模样时，天真无害地眯着眼睛一边模仿一边好奇地问："老师，你的眼睛为什么这样，一边大一边小呢？"昕瞳被逗笑，知道这是属于孩子们的童言无忌，她耐心解释："老师受伤了才这样的。你们要是再这样问，我会伤心的。"下次有不了解的小朋友问起时，就会有其他了解内情的小朋友站出来维护她，说："你不要再问了，老师会伤心的。"有次下课后，一位4岁的小朋友跟她道别时，对她说："老师，虽然你的眼睛受伤了，可是你跳的舞很美丽，就像艾莎公主一样美丽。"当时，昕瞳紧紧地拥抱了这个小朋友很久。

  这个世界其实很包容的，昕瞳心里想，拥有这么多来自他人的接纳和善意，她找不到不快乐的理由。工作做得不错的同时，她也把生活安排得井井有条。那段时间，她租住在达官营附近的一间小卧室。工作从下午两点开始，早上就会有充足的时间。每天早上醒来后，她会问自己：哎，昕瞳，你今天想吃什么？有了想法后，她会随着心意跑到很远的地方，只为吃到喜欢的食物。有时候不想出去吃，她就会去市场里买食材回家给自己做饭。下午五六点下班后，她不愿意回家待在狭小的卧室里，就去健身房健身。

  2016年到2019年的3年时间里，在庞大的北京城里，昕瞳用心善待着生活。生活也反过来滋养了她，她变得越来越有自信。

生活没有如果

2019年之前，昕瞳认为自己和普通人没有区别，因此从未想过也没有去寻找跟她一样，因为意外失去眼睛，而不得不佩戴义眼的人。2019年某天，她在浏览社交网站时，无意间看到一位义眼师展示做义眼的短视频。她意识到，原来义眼不必是她之前佩戴的那样"死板"，而是可以转动的，既美观又逼真。

不久，昕瞳找到一家专门定制义眼的机构，了解到义眼可以私人定制。在这个过程中，她加入了义眼群，了解到全国有将近500万跟她一样需要佩戴义眼的人。一个小众而隐秘却早已存在的世界，在她面前徐徐展开。在这个世界里，很多人都曾经历过她的挣扎和自卑，他们也曾和她一样，不敢出门，工作受限。可不是所有人都像她这样有勇气和运气，可以借助舞蹈这个抓手，重新融入正常社会。她从别人身上看到了自己的内心渴望——希望可以拥有一枚美观逼真的义眼。

2019年年底，昕瞳决定放弃现在得到的一切，去学习义眼制作手艺，为自己制作义眼。这一决定再次遭到了家人的反对。和以往一样，家人希望她能够继续过着安稳的生活。和以往一样，昕瞳做了决定就会去实行。她辞去了稳定的工作，从眼腔取模、修形打磨、虹膜定位、画色等一步步学起义眼制作。

在这个过程中,她又一次切实地面临着单眼操作带来的困扰——空间感和立体感的缺失。为了确保每一个环节都能完美呈现,其他人可能只需练习上千次就能掌握的技术,她却需要练习数千甚至上万次。同样因为只有一只眼睛,她的辨色能力相对健康的人而言,不占优势。为此她专门去上了绘画课,学习色彩搭配。在制作义眼时,最困难的部分是修形打磨。义眼与眼眶边缘的完美契合,需要极大的耐心和细腻的手感,这一环节要求无比精准,稍有过度或不足,都必须从头再来。昕瞳用极大的耐心和毅力,反复地练习。一年半后,她完成了学徒训练。

2021年下半年,昕瞳买了一套制作义眼的二手设备。她在家中,拿自己反反复复地练习了上千次,一遍遍地用身体去制作、调试和佩戴义眼。在每个环节都做到自己满意后。她想,也许可以用这门手艺帮助更多和自己一样的人。也正是在这个时候,她遇到了一位擅长制作工具的合伙人。在因缘际会中,两人合作开了一家小小的义眼制作工作室。

万事开头难,尤其是像义眼制作这样客户目标明确的垂类市场。好在昕瞳对此早就有心理准备。她在网络上发布制作、选择和佩戴义眼的短视频,同时也分享自己的经历。有一次,她把给自己制作的会发光的义眼的视频发布到了网上。很快被一位新媒体编辑注意到,征得她的同意后,编辑把她出车祸、教舞蹈后转行义眼师的经历做成视频,发布到了网上,引发了广泛的关注。不久,各大媒体的采访邀约蜂拥而至。

那段时间,她上午跟一家媒体说一遍自己的经历,下午换一家再说一遍,晚上又换一家说一遍。一天说三遍,连着说了好多天,说得嘴都上火了。可昕瞳心里想:"大家采访我是好事,我得好好说才行。"

网络带来的线上关注很快转化为线下的实际需求,越来越多需要义眼的人知道了昕瞳的存在,她的工作室开始有了起色。昕瞳没有把这份工作当成生意,她自己就是义眼佩戴者,因此更能理解客户的感受。她明白每个人的眼眶都是独一无二的。

比如相较于成年人而言,孩子的眼睛通常更清澈,而更少红血丝,那么给孩子制作义眼时就需要在上色上使用天蓝色而少描红血丝。基于这种独特性,她会根据不同年龄段的眼睛特点,量身定制义眼。专属定制需要付出更多的精力和心血,但昕瞳希望用感同身受的定制,传递人性的温度。

如今,制作义眼不仅为昕瞳的生活提供了保障,也让她收获了许多客户的友谊。许多在她这里做过义眼的客户,回到家乡后会寄来特产或是礼物表达感激。还有不少与她有相似经历的人,因为意外失去眼球而面临情感上的困扰,愿意向她吐露心声。昕瞳能够理解他们的沮丧,但时间久了,她自己也会不自觉地被那些消极情绪所影响。

尽管如此,每当有人再次来找她时,她依然不会拒绝。她深知，很多人在面对突如其来的变故时，内心对未知充满了恐惧，他们只是希望有个走在前面的人拉自己一把。而她，愿意成为那个人。况且，经历了这么多之后，这些情绪对她而言早已不是什么大的困扰，她知道怎么自我调节。

从舞蹈老师转行成为义眼制作师，外人看来，昕瞳的职业路径跨度很大。但从她的经历来看，这些选择又都源自内在的生命力。有人问她："如果没有那场车祸，你现在会过着什么样的生活呢？"

"生活没有'如果'，"她回复，"当下的就是最好的。"

11

高蕾

海淀教育的另一种回声

爸爸是 20 世纪 80 年代的清华大学毕业生，妈妈是北京林业大学的才女，高蕾出生并成长于北京海淀区，一路接受的都是精英教育。

小学时，她就在数学竞赛中获得北京市前 20 名的优异成绩，随后顺利考入海淀区"六小强"中学之一的实验班，再到高中考入中国人民大学附属中学。她成长的每一步都伴随着卓越的成就。然而，光环与阴影总是相伴而生的。在精英教育的道路上，她不仅面临着同学间的霸凌和激烈的竞争，还有内心对超越家庭期望的渴望。

长期处于高强度的竞争环境中，高蕾曾一度陷入抑郁。高考"失利"后，她进入北京第二外国语学院学习。大学与来自外省的同学相处，她渐渐意识到自己所受的素质教育——包括写剧本、拍电影、参与社团活动、选修课外课程等丰富多彩的经历——对于其他省份的同学来说，竟是一种难以想象的奢侈。

从北京师范大学研究生毕业后，高蕾选择成为一名人民教师。在初升高的"五五分流"制中，她逐渐从学生身上看到了自己曾经的挣扎。最终在爸爸"谅解"和霸凌者迟到的道歉里，她不仅和曾经的自己和解，还听到了教育真正的回声：那些在成绩排行榜末尾的名字，或许正在另一个坐标系里书写着生命的另一种可能。

我想成为像爸爸一样的人

20 世纪 80 年代，高中生都算高学历者。而高蕾的爸妈就在那时分别考上了清华大学和北京林业大学。在这样的家庭里出生的高蕾，自小便对自己有着高标准和严要求。

到了上学的年纪，高蕾去了海淀区中关村一所普通小学读书。三年级时，高蕾在全班排名前三，数学成绩尤其优秀。老师推荐她去考华罗庚数学学校，她参加了考试，并取得了北京市前 20 名的好成绩。这一荣誉不仅全校通报表扬，任课老师也在课堂上激动地称赞她："让我们祝贺高蕾同学取得这么优异的成绩！大家都要向她学习！"

在同学们的掌声里，高蕾既自豪又有点儿难为情。她坐在座位上，脸很红，笑容很明亮。有时候羡慕多一分，就变成了嫉妒。高蕾明亮的笑容刺伤了跟她一样知识分子家庭出身，渴望在学业上万众瞩目的两位同班同学。

自此，长达 3 年的霸凌开始了。

带头欺负高蕾的孩子，家里也算是高知家庭，爸爸是大专生,爷爷是退休的研究员。按理说,那时候大专学历已经是凤毛麟角,可他爸在一个高学历云集的体面单位上班,日久天长地就觉得大专学历格格不入了。时间久了,大专学历的爸爸下意识地想,该不会一代不如一代,儿子不如老子吧?于是,他就憋着一股劲儿地望子成龙,对孩子的学业要求很高。成人世界的焦虑,蔓延到了校园里。久而久之,事事想拔尖儿的孩子,看到优秀者的心态慢慢失衡。

孩子的恶意是直白的。带头孩子没事儿就围着高蕾转。夏天夺过她的水杯在班里丢来丢去,放学又抢过她的书包在路上扔来扔去,旁边同学看到了都起哄。这些明目张胆的欺负,一度让高蕾害怕上学。她把这些事告诉了老师,老师制止过,但霸凌并没有停止。

四年级时,带头的孩子把别的同学的东西放到她的课桌抽屉里,诬陷她偷东西。事情闹大了,老师出面仔细调查,戳破了谎言,为了教育好霸凌的孩子们,就让他们面壁思过。本以为事情闹得这样大,该结束了。没想到带头的孩子面壁时趁老师不在,冲着高蕾说:"书呆子,除了告状你还会干什么?"还踹了高蕾一脚。当然,高蕾也没吃亏地还回去了。

自此,两个孩子的仇结到了心里。

五年级时,学校开始选拔新的大队长和大队委。爸妈对高蕾寄予厚望,在爸妈的敦促和帮助下,高蕾精心准备了竞选稿件。当时,北京的小学已经形成了一套完整的竞选流程,高蕾所在的小学每个班级都配备了一台电视。她录制了一段竞选大队委的演讲视频，在竞选期间，这段视频在全校各个班级的电视上循环播放。

小学时期，高蕾的学习成绩一直非常优异，还在北京市的数学竞赛中取得了令人瞩目的成绩。在竞选之前，她在学校里已经小有名气。经过竞选演讲视频的广泛传播，她顺利通过投票，当选为大队委。

北京的9月，暑气正盛。常来接高蕾放学的姥姥回了四川老家，接连几天，高蕾都是独自一人回家。带头欺负她的孩子见状，堵住她说："怎么不见你姥姥了？该不会是进火葬场了吧？"说完转身就要走。高蕾的火气瞬间涌上心头，快步上前拦住他，怒斥道："你道歉！"围观的同学越来越多，大家小声议论着。带头孩子脸上挂不住，一边推开高蕾一边不屑地说："你姥姥就是进火葬场了，怎么还不让人说了？"话音刚落，高蕾手中的铁水壶"咣当"一声，砸在了他头上。

周围的同学惊呼一声，四散开来，有人慌乱地喊道："快去叫老师！"带头孩子只觉得眼前一片血红模糊，睁不开眼。他伸手抹了抹眼睛，再低头一看，满手是血，吓得差点儿瘫倒，幸好被赶来的老师一把抱住。老师颤抖着双手，抱起他直奔医务室。高蕾站在阳光下，太阳穴突突地跳，天旋地转，仿佛整个世界都在摇晃。

那天，高蕾忐忑不安地走回家。其实还没等她到家，学校的电话已经打到了家里。回家后，在爸妈的追问下，她说出了事情的经过。出乎意料的是，爸爸并没有责怪她，反而坚持要去学校找那个带头孩子，要求他向高蕾道歉。妈妈则劝道："算了吧，都是孩子。而且，他脑袋也被咱们打破了。"

不久，学校做出了处理决定，要求高蕾为打人行为负责，赔偿医药费，还要向带头孩子道歉。爸爸赔偿了医药费，却坚决站在高蕾这边，认为她没有做错，不需要道歉。最终，高蕾没有道歉，事件以学校撤销她刚竞选上的大队委职务告终。

爸爸对这件事的处理，让高蕾对他有了更多的崇拜。1982年，爸爸从河北农村考上清华大学这件事，不仅是整个家族的荣耀，也是当时整个县市的轰动性事件。爸爸也常常以此鼓励高蕾："当年我在那么艰苦的环境，高考竞争压力那么大的情况下，都考上了清华。现在你有了更好的环境，可不能考得比我们差。"于是，五年级的这个暑假，高蕾决定成为像爸爸这样的人。这个信念，具体化为了像爸爸一样考上清华（或者北大也行）的目标。

很快进入六年级，霸凌事件在小升初的升学压力面前逐渐变得不再重要。在严酷的选拔竞争中，孩子们都更为严肃地对待学业。高蕾在爸妈的支持下，全身心备考，最终考上了海淀"六小强"中学中的一所初中就读实验班，光荣地告别了小学生活。

没有什么是理所应当的

　　如果说小学是属于高蕾的高光时刻的话，那么升入北京最优质中学的实验班，则给她的生活蒙上了一层灰暗的阴影。北京海淀区的教育水平全国领先，位于海淀区的"六小强"中学，又是北京最优质的中学，其中的实验班更是尖子生中的"尖子班"。在这里，同学们的家庭背景大多显赫——父母要么是清华北大的教师，要么是新中国成立前就出身于高知家庭。相比之下，高蕾的爸爸毕业后被分配到工厂工作，虽然也是清华毕业，但他和世代都是知识分子出身的其他同学的父母到底是不同的。爸爸从未回避过自己的出身，作为家族里第一代高学历知识分子，在立足城市奋斗的过程中，不仅在唐山老家给父母购买了一套复式楼房，还给家乡村庄里的学校捐赠过电脑等学习用品。然而，在世代都是知识分子的精英圈层里，他的优秀没有深厚的根基。

　　在爸爸的托举下，高蕾进入了全国顶尖的教育圈。在这个圈层中，荣耀与自卑交织，成为她成长过程中难以回避的情感体验。初中时，学校规定早上7点半开始早读，下午5点半放学。除了主修课程外，学校还在每周的某一天安排选修课。高蕾在实验班学习非常用功，可无论她怎么努力，都始终无法达到小学时的状态。

那时候，学校会公布每次期中期末考试的全年级成绩排名。高蕾每次都去看，每次自己都不在写着年级前20名的排行榜第一栏，有时候成绩好能排到50名左右，更多时候她都徘徊在80名左右。为了提高名次，她在学业上付出了更多努力，却没有得到期待的结果，排名依旧毫无起色。而身边的同学，平时打游戏踢球样样不落，只是上课听一听就取得了比她排名高许多的好成绩。这种对比充斥着高蕾的整个初中阶段，让小学时一直处在聚光灯下的她，陷入抑郁情绪。

现在来看，其实高蕾初中的成绩并不差。不然她也不会在初升高时，考上中国人民大学附属中学。这所至今仍被称为"宇宙中心牛校"的高中，每年考入北大清华的学生人数在北京名列前茅。然而，高蕾放弃了进入中国人民大学附属中学就读的机会，选择留在原来的学校直升高中。一方面，她舍不得离开初中三年结交的好友；另一方面，精英环境中的竞争异常激烈。在海淀"六小强"初中实验班的3年，让她深刻体会到了头部竞争的残酷。相比之下，她认为留在熟悉的环境更有利于自己的学业和身心健康发展。这确实是一个明智的决定。

高中时的一节课，高蕾痛经，好友看她难受就一直紧握她的手，难忍的疼痛让高蕾意识不到自己的手劲儿有多大，指甲又有多利。那天，高蕾无意瞥见朋友破皮的手，羞愧地问："是不是我抓的？"朋友安慰她说："不关你的事，我自己磕到的。"这样的时刻,时至今日仍温暖着她。

高蕾,很珍惜她的朋友。

然而,即使是留在熟悉的环境中,高蕾还是感受到日益增大的压力,高中的课程难度明显提高了。高蕾想像爸爸一样学习理工科,而且她读的高中一向有偏重理科的教学传统。然而物理和数学这两门课,给她带来了不小的挑战。当时许多人认为,学习理科在就业上比文科更有优势。高蕾努力学习理科,效果并不理想。那时候,她总需要问爸爸数学和物理题。爸爸常常焦急地问:"这么简单的题都不会,你是不是上课没认真听?"高蕾委屈地解释:"我真的认真听了。"爸爸却不相信,"你要是认真听,怎么可能做不出来?"因为功课的问题,父女俩关系一度陷入紧张状态。

物理和数学学习中的屡屡受挫让她惊恐地意识到,自己不仅不能像爸爸那样给家族带来荣耀,似乎连延续家族的辉煌都不可能了。恐惧和自我怀疑几乎击垮了她,高蕾的抑郁进一步加深了。

高二文理分科,高蕾无奈之下选择了文科。好在海淀区的这所学校提倡素质教育,在课程安排和课外活动之间尽力保持了平衡。这让学生们可以在学业之外,自主发展兴趣爱好,平衡学业与生活。高蕾充分利用学校提供的机会,转移注意力,积极参与社团活动。

在初高中阶段,学校举办短剧活动,她编写了关于林则徐禁烟的剧本，后来这部短剧被拍摄并放映，在学生中广受好评。高蕾利用学校的多功能厅进行收费放映，每张门票5块钱，年纪轻轻就赚到了人生的第一桶金。尽管高中学业紧张，她依然积极参与学校的新闻社活动，并担任副社长一职。她定期组织人文知识讲座，后来这些讲座也逐渐走向了付费模式，所得收入全部捐给了公益组织。

高蕾2010年参加高考。高二时，她已经确诊了抑郁症，情绪一直不太稳定。由于压力和痛经，高蕾高考中发挥不佳，考完最后一门后，她隐约意识到，自己可能考不上清华了。虽然对此早有准备，可真到了查高考成绩那天，看到和报考清华大学有一定差距的分数，高蕾还是被打击得晕头转向，绝望钻进她的心里，带出了汹涌的泪水。像掉进冰窟一样，她全身冰凉，手脚控制不住地颤抖，慌张到不能呼吸。

这个分数，彻底摧毁了她童年以来成为像爸爸一样的人的理想。这一刻，高蕾觉得自己的人生全完了。

2013年以前，北京市实行高考前估分填报志愿的制度，志愿模式为顺序志愿。高蕾又因填报的第一志愿滑档，被北京第二外国语学院（简称北二外）录取。这一结果远低于她的预期。得知录取学校后短短一周，高蕾的体重从110斤骤降至95斤。她闭门不出，不分白天黑夜地躲在床上。试图用睡眠包裹起自己，却很难睡得安稳。高蕾在现实和梦境中徘徊，在梦里又回到高考考场上，因为一道数学题不会做而焦躁不安，伴随着考场上时钟竟走的"嘀嗒"声，额上的汗不断滴落。时钟和汗液交替着"嘀嗒""啪嗒""嘀嗒啪嗒"……频率越来越快。终于，在交卷铃声响起那一刻，她挣扎着从梦中醒过来，在黑暗中深吸一口气，睁开眼，才想起高考早已结束。可还来不及松一口气，没有考上清华的现实，劈头盖脸地把她推向绝望的深渊。在浓得化不开的黑夜中，高蕾无助地抽噎。那时候，她真的认为高考"失败"的阴影，会是伴随一生的噩梦。

爸爸看着女儿如此消沉，又沮丧又心疼地跟妈妈商量："我那些同学的孩子不是去了哈佛就是去了北大，高蕾才考了一个北二外。要不让她复读一年吧？"妈妈考虑得更周全，"孩子现在状态这么差，复读压力那么大，你觉得她能承受再来一年吗？"复读一年的提议被搁置，高蕾和爸爸直到大学开学的前一天，都没有接受她要去北二外读国际新闻专业的现实。

开学后，学校组织了一次英语测试。整个暑假都提不起精神的高蕾，毫无准备地参加了考试，结果却轻松地拿到了第二名的好成绩。随着大学生活的展开，她不断接触到来自全国各地的同学。在与他们的交流中，她得知一位同学的高考分数是 634 分，而当年北京大学在北京的录取分数线是 631 分。高蕾好奇地问："你这分数都能上北大了，怎么来了我们学校？"同学回答道："在我们省，北大的录取分数线可远远高于 631 分啊。"

随着与同学们的深入交流，高蕾意识到，自己接受的素质教育——写剧本、拍电影、参与社团活动、选修课外课程等丰富多彩的经历，对于其他省市的同学来说，竟是一种难以想象的奢侈。来自其他省市的同学，初高中的学习只有一个目标，那就是高考。为了完成这一目标，他们 18 岁之前的生活里只有埋头于书本，努力学习这一件事。

在上大学之前，高蕾一直觉得自己的家境并不宽裕。她记得高中时，同学的妈妈可以轻松买下十几万的包，而她的妈妈为了一个一两万的包，要省吃俭用攒钱攒上一整年。周围的同学大多家境优渥，住豪宅的比比皆是，而她的家庭经过多年努力，才在海淀区买下了一套 120 平方米的房子。上大学后，她曾毫无保留地，向从外地来北京读书的大学同学倾诉这些成长中的不安和苦恼。这种坦诚，不仅没得到她所期待的理解，反而带来了很多不必要的误解。

然而，恰恰是在外地和北京两个截然不同世界的碰撞中，高蕾看到了另外一种生活。她逐渐意识到原来自己得到的一切都不是理所当然的。她在优越环境中待得太久，已经意识不到自己已经拥有着，大多数人一辈子都不可能得到的优质教育和机会。

大学毕业后，高蕾拒绝了父亲要求她考清华大学研究生的安排。她自主考入了北京师范大学中文系攻读硕士研究生，希望未来可以成为一名教师。

怎样才算一名好老师呢？

教师，是高蕾早就做好的职业规划。同时，她也非常清晰地意识到教师是一份可能会影响别人一生的工作。在真正投入这份工作之前，她回想起自己学生时代遇到的每一位老师，想从他们身上学习如何成为一名好老师。

小学时，她在中关村一所普通学校就读，因为成绩很好，老师们都很喜欢她。班上有几个成绩不太好的孩子，平时比较调皮。每次考试后，看到这些成绩不好的学生，有位老师总是忍不住发火道："你们看看自己为什么成绩这么差，就是因为你们父母成绩也不好，初中都没考上，你们的基因就不行，跟别人没法比。你们长大了，就只能跟你们父母一样下岗了开个小卖部、修车摊。"

高蕾对这位老师的感情是复杂而微妙的。幼小的她隐约察觉到老师的某些做法存在问题，却又难以准确指出问题所在。毕竟，这位老师在学生生病或面临真正的学习、生活困难时，总是会陪伴在他们身边，提供力所能及的帮助。如今，高蕾能够清晰地认识到，这是社会功利主义思想在教学领域的延伸。她看到了这位小学老师的局限性，同时也清楚地意识到，这并不是她未来想要成为的那种老师。

初中，她所在的班级里既有下岗职工的子女，也有教授和医院副院长的孩子。不同家庭背景的孩子同处一室是较为常见的现象，只是孩子们总是敏感的，下岗职工的子女难免会因为出身而自卑。当时的老师们却做出了和小学老师不一样的选择，他们能够敏锐地察觉到这些孩子的情绪，并在言语和行为上给予他们平等的对待，没有任何歧视。

在高蕾高考"失利"的那个暑假，高中班主任每周都会给她打电话，指导她如何调整心态、规划大学生活，并帮助她确定未来的职业方向。事实上，那时高蕾已经毕业，班主任并没有义务再对她负责。然而，这位老师依然如此关心她的学生。时至今日，高蕾回想起这位老师，心中依旧充满感激。

刚刚进入北二外学习时，从小在竞争激烈的环境中成长，习惯了与优秀者为伍，对自我有着高期待的高蕾，看到昔日的高中同学考入哈佛大学等世界顶尖名校，心中的落差显而易见。当时年少的她，只能以"狂傲"来掩饰内心的失落与不安。幸运的是，当时的大学老师和辅导员并没有因她年少气盛而疏远她，反而用包容和理解，帮助她重新找到方向。

回顾求学生涯，高蕾意外地发现，令她印象最深的并不是学到了哪些重要的知识，或是取得了多高的名次，而是在这个过程中，从老师们身上学到的做人做事的态度和品德。现在，她希望自己能够成为，像在成长过程中给予她帮助的老师一样的教育者，不仅仅传授知识，更多是成为学生成长过程中的引导者。

研究生毕业后，高蕾如愿成为一名初中语文老师。

她还记得，当第一次以教师的身份站在讲台，讲出第一句话时，台下的孩子们真诚的眼神"唰"地聚焦在她身上的场景。那一刻，窗外的蝉鸣和热辣的气浪凝滞了。高蕾的耳膜里只剩下自己的声音。她望着讲台下一张张望着自己的稚嫩脸庞，仿佛看到了少年时的自己，正端坐在座位上，仰着头望向成年后的她。在这样命运般回望的时刻，她镇静地找回自己的声音，开启了此后将会持续一生的事业。

宏大的理想，总要回归于力所能及的微小行动。

在教学实践中，高蕾深刻体会到，初中分流政策对孩子和家长造成的巨大压力。尽管这项政策已实施多年，但对高蕾而言，却是一种陌生的体验。当年她参加初升高考试时，海淀区共有1.6万名考生，只有排名前8000的学生才能进入公立学校就读，而剩下的一半学生则被分流至职业高中。在高蕾的世界里，职业高中从未进入过她的视野。她一直都是优秀的学生，始终瞄准最高目标。

现在，高蕾有意识地关注那些当年进入职业高中的同学的后续发展，试图从他们的经历中为自己的学生探索更多可能性。然而，她发现，大部分职业高中毕业生在北京很难找到理想的工作。许多人只能从事月薪五六千元的工作，例如便利店服务员等基础岗位。无论他们多么努力,职业选择的范围依然狭窄,后续发展空间受限,甚至难以实现经济独立,更不用说买房或独立生活了,到现在大多数人仍然与父母同住。

站在讲台上,高蕾注视着自己的学生,第一次真切地感受到了"五五分流"的残酷。成绩,始终是悬在孩子和家长头上的一把达摩克利斯之剑。看到班级里有很多用功学习,成绩却没有起色的孩子,高蕾仿佛看到了曾经的自己。她不会再多加责怪这些孩子,而是选择多花时间和精力去陪伴他们,跟他们聊天谈心。在理解孩子们的同时,她也在内心拥抱了过去那个无助的自己。

不久,她被评为海淀区骨干教师。在表彰会上,她意外发现一位小学同学也在获评之列。高蕾了解到,这位小学同学在初中毕业后选择进入职业高中学习学前教育,随后通过努力考取了大专,成为一名幼儿园教师。尽管两人走的是不同的教育路径,却殊途同归,投身于教育事业。

这位小学同学的经历给了高蕾极大的鼓舞。她把这段经历分享给自己的学生,特别是那些即将面临分流的学生。她希望通过这个故事,在他们心中播下一颗种子:每个人在这个世界上都有属于自己的位置,关键是自己不放弃自己,要努力探索适合自己的地方。

孩子往往比家长更容易接受进入职业高中的选择。在激烈的升学竞争中,家长们竭尽全力为孩子报各类辅导班,严抓学业成绩。然而，许多不适应这一体制的孩子逐渐陷入抑郁，亲子关系出现了不可弥合的裂痕。她的班级上曾有一位学生，成绩非常优异。可每次考试成绩只要没有在前几名，家长就会体罚孩子。高考后，以这位学生的成绩，北大或是清华可以随便选。然而孩子为了远离父母，选择了报考外地的学校，大一就开始打工承担起全部的生活费用，和父母断绝了关系。父母和孩子双输的局面让高蕾很心痛，可同时她也理解家长的初衷。成年人更清楚社会竞争的残酷，家长们总是希望为孩子的人生保驾护航，确保他们在竞争中拥有更多选择。有时候高蕾会在别人的处境里，看到爸爸的影子，虽然他们之间的关系并没有走到这一步。她想，这种为高考而牺牲亲子关系的代价，究竟值不值得呢？

这些经历让高蕾开始有意识地思考语文教师的独特性。她发现，与数学的确定性、科学的精准性相比，语文承担着文化传承和情感引导的特殊使命。她给学生们布置每周写周记的作业，希望学生能沉淀自己的情感，留下只有在他们这个年龄才能写出来的文字。她会认真批阅孩子们的作文，共享他们的快乐和悲伤。

高蕾班上曾有一名学生，原本成绩优异，但进入初二后开始叛逆，出现抽烟、喝酒、厌学等行为。高蕾通过批改他的周记，逐渐了解到他的家庭背景。这名学生的母亲来自外地，学历较高，而父亲是北京本地人，学历较低。在姥姥姥爷的干预下，母亲被迫与当时的男友分手，接受了20万彩礼，嫁给了父亲——一个希望通过婚姻"改善基因"的北京本地人。然而，这段婚姻最终因性格不合破裂。了解到这些情况后，高蕾针对他的心理状态和成长经历，帮他制订了行为规范和学习计划。最终，这名学生成功考入海淀区"六小强"之一的高中，并在高考后顺利考到了南开大学。

这是教师高蕾，最开心的时刻。

现在，我做好迎接新生命的准备了

2025年，是高蕾做老师的第8年。她完整地带过了两届学生，早已经完成从学生到教师的身份转变。然而，工作年限的增长并没有消磨她身上的锐气。

去年，她带过的第一届学生刚刚考上大学。教师节那天，班级聚会邀请她，她去了，见到曾经教过的小朋友如今有了归宿，内心的骄傲油然而生。这是独属于教育工作者的荣耀。

2021年，为了促进教育资源的平均分配，普及优质教育，北京率先实施教师轮岗政策。在海淀公立中学教书的高蕾轮岗到丰台区某个郊区的公立中学。在丰台区教书的经历，让高蕾亲眼看到和体验了北京的另一个侧面。

海淀区和丰台区的生源存在明显的差异，这种差异并不在于学生自身的素质高低，而是来源于学生背后的家庭。高蕾震惊地发现，自己所教的班级中，大多数学生的父母没有接受过大学教育，甚至有些父母只读到初中。她当班主任时，班上有个同学偏科严重，英语成绩不好。她叮嘱孩子的父母在家里多辅导，他们也很上心，爽快地答应了，晚上就发了视频给她，说已经纠正了孩子的英语错误。高蕾看完哭笑不得，原本正确的"an apple"（英语：一个苹果）被孩子爸爸改成了"a apple"。高蕾意识到，这些起点较低的孩子，需要更多的关爱和理解，她摸索着如何因材施教。

2025年，已经退休的高蕾爸爸，看到女儿在教学上不断成熟，生活也逐渐稳定，他的心结也逐渐打开。有一天，爸爸在家里帮她照顾儿子时，突然对高蕾说："我如果晚生20年，真未必能考上清华，在北京安家落户。你们这代人，不容易。"

高蕾心里突然一松，看向正拿着奶瓶逗弄孙子的爸爸，透过这个稀松平常的日常生活场景，她看到了18岁因为高考失利而日夜彷徨的自己，一股莫名的热流从心底涌上眼里，她悄悄背过身去，一滴眼泪轻轻巧巧地滑落，浸入棉质衣领里，无声无息地消失不见。

这么多年，她终于能够全然地接纳自己了。

前些年，高蕾去参加小学同学聚会，再次遇到了当年带头欺负她的那个孩子。对方愧疚地对她说："那时候你太优秀了，事事都比我强，我爸天天拿我跟你比，我比不过，就记恨上你了。老同学，这事是我做得不对，请你原谅我。"高蕾没有说原谅，也没有说不原谅。

聚会结束，在回家的路上。高蕾想：现在，我做好迎接新生命的准备了。

12

范晓蕾
北大副教授的 10 年维权路

2015年,31岁的范晓蕾博士毕业,随即进入北京大学中文系任教。摆在她面前的是一条清晰可见的学术路径:助理教授—副教授—教授,60岁退休。

然而,一场医疗事故,彻底改变了她的命运。她因右眼视物模糊前往公立医院就诊,中途被转诊至私立医院进行右眼玻璃体腔注气术治疗,却因主治医生使用工业气体,导致"中毒性视网膜病变"。右眼视力从就诊前的0.8骤降至0.1,她原本高歌猛进的人生被按下了暂停键。

与此同时,北京大学中文系调整了对青年教师的考核制度,在规定时间内完不成相应学术研究成果的教师,将会被解聘。此后,范晓蕾不仅要防止右眼恶化积极复健,还要兼顾学术研究,同时还开始了漫长的维权之路。

10年间,范晓蕾克服了重重困难,在2021年通过了北大考核,从助理教授晋升为副教授,获得了终身教职;还在2018年民事诉讼一审判决后,提起了上诉,并于2023年提起了刑事诉讼,要求获得"惩罚性赔偿"。目前案件依旧在审理当中。

外界对她维权的行为赞赏有之,质疑有之。面对这些不同猜测,她说:"我只是不想让这条法律条文成为一纸空文。"

按下暂停键的人生

2015年9月28日，剧烈的头痛猛然袭来，范晓蕾的世界陷入了黑暗。

当她独自躺在急诊室诊疗台上等待检查结果时，紧闭着双眼，屏住呼吸，仿佛这样就能将自己隔绝于现实之外。她无比希望刚刚发生的一切只是一场梦。在黑暗的空白寂静中，医疗器械不时传来细微的电流声，头顶探照灯透过眼皮带来的灼热感，以及空气中若隐若现的消毒水气味，无一不在提醒她，这一切都是真实的。

心里还怀着一丝侥幸，她小心翼翼地抬起左手捂住左眼，试探性地睁开右眼，右手在眼前晃了晃，希望能在像戴了磨砂玻璃的眼前捕捉到明晰的光亮。回应她的，依旧是玻璃质感的隔阂。冷汗沿着脊柱滑落，迅速浸湿了诊疗椅的椅背。她既渴望医生能过来告诉她，右眼究竟发生了什么问题，又害怕得到的是不想面对的答案。

就在这时，门突然被推开，范晓蕾弹坐起来。医生脚步微顿一下,直接走到她身边,手里拿着病历单,口罩遮住了表情,声音冷静而清晰:"有家属陪同吗?"

范晓蕾僵直着上身靠向椅背,张了张嘴,却问不出一句话。

医生再次低声询问:"范女士?"

范晓蕾无意识地望向诊疗室内测量视力的视力表,问道:"怎么了?有什么不能直接告诉我吗?"在静止不动的诊疗室中,她仿佛看到医疗器械被莫名的引力吸引着快速聚拢到她身边,而唯一不动的是那张视力表,而上面最大的字母"E"正以光速逃离她的世界。

"您的右眼视力为0.1。"医生提醒她。

范晓蕾机械地看向声源,集中精力回到谈话中:"我的右眼……怎么会?"

医生顿了一下,接下来的话像短箭一样有力地射进她的耳朵:"中毒性视网膜病变。"

范晓蕾悲愤交加,问:"中毒?怎么会中毒?"

医生查看病历单回复:"您之前做过注气手术治疗,初步推测注入的是八氟丙烷,也就是工业用气。"

医生的诊断结果,劈头盖脸地砸到范晓蕾头上,彻底改变了她的命运。她意识到右眼的失明并非一场偶然的灾难,而是一场人为的医疗事故。

在范晓蕾担任北京大学中文系助理教授的第9个月,她原本高歌猛进的人生被按下了暂停键。

黑暗来临前夕

从被手术灯照射的医用诊疗椅上回家后,范晓蕾冷静地把情况告诉了家里人。她需要他们的支持和帮助。挂掉电话独自坐在空荡荡房中等待家人赶到北京的那一刻,她无比想念和家有关的一切。她莫名回想到小学时,父母定下规矩,只准她每周六晚看半个小时电视。她无数次经历过在如痴如醉地盯着发光的屏幕观看时,"亮光一闪"的屏幕被关闭后全黑的时刻。

如果说过往人生的回忆如同发光的电视屏幕,而现在就是她人生屏幕全黑的时刻。

从学生到学者,范晓蕾在学校里待了将近25年。如果没有在31岁这年,遇到右眼永久失明的医疗事故,她原本应该按照"助理教授—副教授—教授"的职业路径向上发展。而31岁这年的右眼失明事件,让这个从小到大一直处于聚光灯下的优秀女孩,再次成了人们关注的焦点——不过,这一次关注的方式,却不是她期望的。

1983年12月,范晓蕾出生在河北省邢台市的知识分子家庭,父亲是某大专院校教医学心理学的教师,母亲是中专学校的校医。父母都不是爱社交的人,麻将和纸牌桌上,都很难找到他们的身影,两人有着自己的小爱好。

很难说,是父母的生活和管教方式塑造了她的自律,还是加深了她性格中这一天生的特质，为她此后走上科研的道路打下了深厚的基础。在以优异的高考成绩考入北京语言大学人文学院汉语语言文学系后，范晓蕾发现自己似乎总能轻松破解汉语语言学的研究问题。这种游刃有余给她带来了深深的满足感，而这种满足感又驱使着她自觉地走进汉语语言学的世界，渴望了解更多，就这样形成了"渴望—满足—更多渴望—更多满足"的正向循环。

那时候，她整天泡在图书馆里，直到闭馆才离开。回到宿舍后，她还会就着昏暗的灯光继续研究汉语语言学问题。而支撑她如此投入的理由只有一个——好奇。

汉语是世界上最古老、至今仍在沿用的文字之一。在宿舍昏暗的灯影下，她用手抚摸着书本上的汉字，试图挤进这些静默排列的方块字之间。那些隐藏在字里行间、不动声色的秘密，对她有着致命的吸引力。在阅读汉字的过程中，她时常感到自己推开了字与字的空间，悄然潜入其中，成为一个流动的符号，跟随着汉字的引领踏上了悠远而神秘的旅途。直到语言深处掩藏的密码，像一道光穿透字词的缝隙，把漂浮在时光中的秘密送到她眼前。这时，她就会眨眨熬得通红的眼睛，迫不及待地坐到电脑前，记录下在字句中窥见的文明微光。

大学毕业后，范晓蕾顺利进入北京大学中文系继续深造，并在导师的推荐下前往香港科技大学攻读博士学位。2015年1月，博士毕业的范晓蕾顺理成章地进入北京大学中文系开展科研和教学工作。

截至目前，范晓蕾确信，她的人生愿望全都实现了。虽然在她入职这一年，北大中文系开始正式对青年教师实行更严格的考核制度。

当时，北京大学中文系在给青年教师做上岗培训时，有部分教师询问过具体的考核标准，表达了对考核通不过后被解聘无法继续获得教职的担忧。当时的老教授意味深长地说："只要诸位潜心学问，输出真知，还怕考核完不成？"

新规的出台，无疑成为青年教师们在职业发展道路上的不稳定性因素。范晓蕾倒不在意，她的学术成就有目共睹。

2012年，她还在香港科技大学攻读博士学位，已经是二年级的学生。那年，29岁的她将多年来的学术积累输出为一篇扎实的学术论文，并把它们投稿到了全国汉语方言学会主办的"首届青年学者论文比赛"。经过多轮评比，她的论文超越了一位在学术界深耕多年、年近40岁的教授，拿下了第一名。这个奖项使她迅速在学术界获得了声望，汉语语言学界对她寄予厚望，甚至有学术泰斗将她视为汉语语言学的学科继承人。对她而言，考核不过是学术研究的"副产品"。

范晓蕾是真心热爱且适合做学术。

进入北大担任助理教授，对她来说，不过是从一所学校转到另一所。在身份转化的过程中，随之变化的是眼镜度数的逐年增高、镜片厚度的增加。不变的是，时间的流逝似乎并没有带走她的少年气。她依旧保持着和学生时代一样的高强度科研节奏。尽管个子不高、身形瘦削，留着可爱的"西瓜头"，但她气质稳重，已显现出学者的风范。在北大的第一个暑假，她主导了前往福建进行汉语言方言的田野调查研究项目，像读书时一样带领团队。

2015年秋季学期开学前，范晓蕾从福建回京，开展教学工作。作为2015级中文系研究生班班主任，她在新生见面会上发言结束下台阶时，又一次看到右眼眼前有一个黑点出现，心慌地下错了台阶，险些摔倒。在大家关心的目光中，她自嘲说："年纪大了，腿脚都不利落了。同学们，你们还年轻，更要珍惜大好时光，诗酒趁年华。"学生们被她的自我调侃逗得哄堂大笑，都没当回事儿。

范晓蕾心里却有些不安，似乎回京后，右眼总是出现飞蚊和小黑点。一向谨慎的她立即前往北大校医院就诊。检查结果显示：右眼视力0.8（矫正）、左眼视力0.8（矫正），诊断为"右眼视网膜脱离"。根据诊断，校医院建议她转诊至北京某所公立医院（以下简称：北京某院）。

北京某院的返聘老专家接治了范晓蕾，为她做进一步检查，诊断结果显示"右眼孔源性视网膜脱离"。

老专家说："你的视力是正常的，视网膜脱离很轻微，不需要做手术，打一针就好了。但是再拖延就要开刀了。"

范晓蕾听完很开心，她想，果然权威专家的治疗方案就是简便又不痛苦。

老专家介绍了新的诊疗方案:"可以用右眼玻璃体腔注气术加双眼底激光治疗,可以很快正常工作生活。"接着推荐她当天就去一家私立医院打针。

听到要换医院,范晓蕾有些疑惑,问:"为什么要去私立医院呢?"

老专家的助理解释说:"我们医院没有打针治疗的产品。"

范晓蕾没有当场做决定。从公立医院诊治结束后,她给同为医生的好友打去电话询问。好友告诉她:"老专家是眼科界的权威,你完全可以相信他的判断。"听完好友的建议,范晓蕾又从网络上查看了许多信息,查到老专家有诸多成功案例背书,而且他还是那家私立医院的名誉院长。也许这位专家是想多赚点儿钱,那只要效果是好的,她也可以接受。

彻底检查一番后,范晓蕾接受了老专家的转诊提议,于9月8日在私立医院由时任该院院长兼眼科主任的张某为她进行了右眼注气治疗。

注气治疗后第二天,她前往北京某院做视力复查,发觉此时右眼视力已经降低到0.25(矫正)。老专家在9月10日为她做了双眼底激光治疗,依旧没有改善范晓蕾右眼的视力。

9月28日,正在备课的范晓蕾在头部剧烈疼痛后,右眼突然陷入一片漆黑。在路上,老专家对她说:"你的眼睛悬了。"当天在某私立医院,这位老专家为她采取了紧急抽气的治疗,并诊断为"右眼急性气体致中毒性视网膜病变"。这也就意味着虽然私立医院注入的工业气体抽出了，但是她的右眼眼球的血液循环系统不可逆地坏死，右眼视力迅疾地降到0.1，接近失明。

现在范晓蕾在家中等待着父母从河北邢台赶到北京。与此同时，北大中文系也得知了她的情况。不久之后，在综合评估情况和征得她的同意后，北大做出了请范晓蕾暂时停下科研与教学工作，只为她保留了少部分学生教务的决议。

这一刻起，范晓蕾被迫从她热爱的科研工作中抽身，跌跌撞撞地走出校园构建的象牙塔，开始了与司法界和医疗机构的漫长斗争。

人生，并不决定于右眼

北京某院"宣判"了她的右眼视力无法恢复，范晓蕾不愿也不能接受这样的结果，她对所谓医疗机构的权威充满了不信任，同时对私立医院彻底失望。她寻找代理律师进行司法诉讼，同时右眼的后续治疗也刻不容缓。

9月30日，凭着直觉，范晓蕾前往公立医院——北京大学人民医院——挂到了时任眼科主任医师陶勇的专家号。陶勇看到检查结果后，立刻制定了治疗方案。

"我们先打一针看看能不能见效。"陶勇说。

一听说又要打针,范晓蕾吓坏了。她的右眼现在这样,就是因为打了针。

范晓蕾身体僵硬,干巴巴地问:"什么?还要打针?"

陶勇见她紧张,安抚道:"你不要有顾虑,这是对右眼的急救措施。"

范晓蕾心里直打鼓,一想到要打针,恐惧就扼住了她的喉咙,她说:"陶大夫,我回去考虑下吧。"

见她这样,陶勇反倒着急起来,说:"姑娘,现在情况很不乐观,你不听医生的话,会后悔的。"

"就是因为听了医生的话,我才成为现在这样的啊。"范晓蕾的心里话差点儿脱口而出。

可看着面前着急的陶勇,她还是忍住了。"谢谢陶大夫,可毕竟是这么大的事,我再回去考虑一下吧。"

说完,范晓蕾不等回复就站了起来,陶勇见她去意已决,仍苦口婆心地劝她:"你的情况耽误不得啊,姑娘。"

那晚,范晓蕾一夜未眠,在床上翻来覆去,还是难以下定决心。终于在天色微明时,因为疲惫浅睡过去。刚合眼没多久,她便被一个失重坠落的黑暗梦境惊醒。和她睡在一间屋子就近照顾她的母亲,立刻察觉,一边起身要去开灯,一边询问:"怎么了?"

范晓蕾阻止母亲道:"别开灯。"

母亲停住,问:"怎么了?哪儿不舒服?"

范晓蕾深吸几口气,平复了一下心情说:"妈,我刚刚做噩梦了,梦到自己从空中掉了下去。"

母亲摸黑窸窣地躺回她身边说:"现在可不就是掉下去了。"

周围又陷入安静。在黑暗中,范晓蕾睁开左眼,看到室内物体模糊的轮廓后,心里略微放松了下。她想:还好,还有一只眼睛能看到。可还没有放松一会儿,一个念头不期然地蹦出来:明天左眼还能看到吗?10天后呢?汗,唰地从身上冒出来。

范晓蕾紧握着汗湿的双手,闭上眼睛,静静躺在床上,等到焦虑的情绪过去。她告诫自己,要用脑子而不是情绪,仔细思考是否要接受再打一针的决定:首先,北京大学人民医院是一所公立医院;其次,其他医生在看了她的情况后,都没有给出进一步的治疗方案,陶医生却能够为了她考虑,敢在这个时候开出治疗方案;最后,现在她右眼的情况确实不乐观,哪怕有一丝恢复的可能,都不能放弃。

理性思考后,范晓蕾在10月1日再次回到了诊疗室,接受了陶勇亲自操刀的打针治疗。结束治疗后,陶勇让助手添加了范晓蕾的联系方式,持续跟踪她的后续恢复情况。对于当时的范晓蕾而言,陶勇医生的出现,帮助她逐渐消除了对医疗机构的强烈不信任。

这段时间,为了给维权留下证据,也为了争取右眼视力恢复的可能性。范晓蕾几乎去了全北京所有公立医院的眼科进行诊疗。即便是全国其他顶尖的眼科医生都告诫她，治疗的意义不大，范晓蕾依然怀抱着最后一丝希望，又一次回到了陶勇的诊室。看过她的恢复情况后，陶勇直视着她的眼睛，平静地说道："你的右眼，回不去了。"

虽然对此早有心理准备，可在听到陶勇这样对她说后，范晓蕾是真的没有力气了。她静静地坐在诊疗室内，一动不动。

陶勇早已听闻范晓蕾的情况，为她的不幸遭遇感到惋惜，劝慰道："有两位眼疾患者来这里就诊，一位双眼视力0.1却积极创业，最终家庭事业双丰收，现在的生活很幸福美满；一位视力0.6，年纪轻轻，却自暴自弃，现在还要靠父母抚养。其实很多事，就看你怎么想。你还年轻，以后的路还很长。"

范晓蕾依旧沉默不语地坐着。

陶勇继续苦口婆心地劝解："你现在需要心理治疗。"

不知道过了多久，范晓蕾拖着僵硬的身体，挪着沉重的脚步往门口走去。陶勇最后说："姑娘，你的人生并不决定于你的右眼。"这对于当时的范晓蕾而言，是一个不能接受的事实，尤其是这个医疗"判决"还来自重新恢复了她对医疗机构的信任的陶勇医生。

她头也不回地离开了医院。

真相，并不是唯一的终点

知道右眼视力难以恢复，只能用理疗保养的方式阻止它进一步恶化后，范晓蕾把大部分时间投入维权行动。

她始终想不明白：工业气体要通过什么流程才能进入医院医用呢？而且他们明目张胆地这样做，难道就不怕患者出事吗？至少，她遭受了这样的无妄之灾，是决不会善罢甘休的。

在短暂的伤心过后，她主动整理就医诊疗记录，收集证据的过程中，调查到那家私立医院成立于 2014 年，她推测要支撑一家庞大的私立医疗机构运营，需要大量资金。也许是为了节省资金，医院才使用成本仅为医用气体五十分之一的工业用气给患者注射。这更坚定了她维权的决心。她积极向海淀区卫健委举报投诉，要求对那家私立医院进行调查。

范晓蕾的代理律师提醒她："现在基本可以确定私立医院给你的眼睛注射的气体是工业品，最好的判决结果也不会让一家医疗机构倒闭，或吊销主治医生的从业资格。"

范晓蕾冷静回复："那难道什么都不做，就让他们继续为所欲为吗？"

代理律师说："个人对抗医疗机构，会是一场漫长的战斗，可能到最后一无所有。你要做好心理准备。"

范晓蕾望着 3 月北京的景象，过了半晌对代理律师说："春天马上就要到了。"

代理律师有些疑惑地看向窗外，摸不着头脑。

范晓蕾接着说："右眼失明这半年来，我一直很害怕会不会有一天醒过来左眼也看不到了，到时候可怎么办？所以我什么都不敢做，不敢看书，不敢熬夜，不敢看手机。那我能做什么呢？活活躺着。你看，现在春天到了。如果右眼没有失明，我现在应该在课堂上和同学们分享最新的学术研究成果。很多人会说，你研究一个词语'了'有什么用？是啊，有什么用呢？我到现在都没有发现它有什么用。可我还是在做这件事。还在做，本身就有用。我并不是为了证明'我这看法是对的'，而是为了探求'这世界的真相是什么'。说到底，我们做学术的根本作用是为日后走近真相铺路，为后来者发现可以继续前进的广阔空间。"

代理律师看着范晓蕾，两人共同沉默着，窗外不时传来几声鸟叫。

代理律师摩挲着厚厚的诉讼卷宗，开口打破沉默："现有证据可以确定私立医院及主治医生注射工业用气，存在医疗器械使用违规。最大的难点在于，对方可以以缺乏充分证据证明，注射了工业用气与你右眼视力恶化之间存在直接因果关系为理由，进行抗辩。"

范晓蕾说："那接下来我们需要医疗专家和第三方医疗机构的鉴定，来完善因果链条。"

自此，范晓蕾一边积极复健右眼，一边整理相关资料，并于 2016 年 8 月提起民事诉讼。后经海淀区法院调查，追踪到了该私立医院给范晓蕾注射的八氟丙烷工业用气为 A 公司生产，由 B 公司销售给 C 公司。C 公司于 2015 年 7 月 29 日卖给该私立医院。

在这期间，范晓蕾曾和北京某院及第三方医疗机构，共同参与过一场令她印象深刻的医学听证会。在听证的过程中，北京某院代表明确表示："老专家是医德楷模，医术精湛，退休后被我院返聘出诊，他给的治疗方案都是为你好。"

范晓蕾当时眼前一黑，咬紧后槽牙，握紧双手，冷静开口："不管是否返聘。老专家是体制内的医生吧？他让我转诊到私立医院，是否合规？那家私立医院使用工业用气为患者治疗，老专家是知情还是不知情？"

北京某院避重就轻，反问："你是成年人，老专家建议转诊你就去，你自己没有一点儿判断力吗？"

那是一段在混乱中力图保持克制的听证会。来当面对质之前，范晓蕾已经做好了心理准备，她告诫自己，无论发生什么都必须保持冷静，可她还是低估了眼前这些人的无耻程度，高估了自己对痛苦的承担能力。她的肉身面无表情地坐在这群人对面，灵魂早已叫嚣着从会议室的窗户中逃离而去。

那段时间，每次取证和传唤只需半天时间，但为了应对这半天，她需要提前 10 天准备资料；而每次结束后，她又要花

10天时间来纾解听证会带来的抑郁情绪。

最难受的时候,她跑到北京某院找到老专家理论。她站在老专家面前,执着地反复询问:"你为什么要把我转诊到那家私立医院?你到底知不知道他们用的是工业用气?"

老专家愤怒地指责她:"我好心给你治眼睛,你身为北大老师却来污蔑我,你读的书都烂到肚子里了。"

面对铁证,预想中的道歉依旧没有出现,此时的范晓蕾却没有了之前的痛苦和愤怒。这半年见过的大善大恶,不知不觉间拓宽了她对人性的认知维度,她早已不再对这个世界上任何人性感到惊讶,也明白自己坚持到现在是因为:真相,并不是唯一的终点。

不让条文成为一纸空文

如今,距离范晓蕾右眼受伤已将近10年。

和当年代理律师预料的一样,范晓蕾和那家私立医院的诉讼官司也持续了将近10年。2019年,海淀法院一审判决,私立医院对范晓蕾的右眼视力严重受损负有全部责任,赔偿范晓蕾营养费4500元、精神抚慰金3万元,共计3.45万元。其中销售给该院八氟丙烷的B、C公司承担连带责任。

对于一审判决,范晓蕾和私立医院都提起了上诉。如同律师告诉她的那样，二审判决又是一次时间漫长的拉锯，而她这次是真的做好了心理准备。因为在医疗事故发生半年后，范晓蕾又申请重新回到科研教学岗位。

选择回到学校上课之前，她曾经历过艰难的挣扎。代理律师作为最了解她病情的人，曾劝过她："要不你转行吧。"

在为了保护眼睛什么都不做的空白日夜中，范晓蕾也曾想过，放弃学术吧。可这个念头一冒出来，曾经求学时的快乐回忆密密麻麻冒出来，提醒着她现在失去学术的痛苦。有一天，她试探性地再次看起了学术研究课题，忘我的快乐让她忘记了现实的痛苦，一切好像又回到了事故发生前的状态。

那一刻，她才真正意识到，这辈子她都不可能放下学术了。

2016年3月，她重新站到了北京大学的讲台上，讲大学国文课。那是一个稀松平常的工作日，范晓蕾早早地来到教室，做完准备工作后紧张地低着头盯着打印出来的纸质讲义。上课铃响后，教室内逐渐安静下来。停顿了一会儿，范晓蕾深吸了一口气，抬起头来，镇定自若地面对着讲台下100多人讲起了课。

那天，没有一个学生发现给他们讲课的老师，右眼视力接近失明。

这天之后，范晓蕾正式回归了正常的教学工作。只是偶尔在课堂上，她会因为用眼过度，眼前突然失明变黑，这时，她就得低下头休息一会儿，等待视力恢复。学生们会觉得这个老师很奇怪，怎么讲着课突然低头沉默好一会儿？一开始范晓蕾不愿意多谈自己的病痛，可不知道是哪个学生看到了新闻报道，渐渐地大家都知道了她的遭遇和正在维权的事。学生们对她充满了敬佩。那时候，范晓蕾才逐渐敢小范围地在公开场合谈论起这件事。

从某种意义来讲，正是在工作构建的关系中，范晓蕾重新找到了生活的意义，并重建了生活秩序。

2020年1月20日，范晓蕾像往常一样写作专著《汉语情态词的语义地图研究》。母亲急促地来到她身边问："你还记得那个救了你的陶勇医生吗？"

她依旧沉浸在写作中，无意识地"嗯"了一声。

母亲语调突然沉痛："新闻报道他被病人砍了，正在急救呢。"

那天，范晓蕾没有继续研究，她非同寻常地多看了一会儿手机，寻找关于陶勇医生安危的信息。那晚，她久久无法入睡，想到自己对医疗系统彻底失望的那天，陶勇医生亲手给她打针治疗。她想不明白为什么一个这么好的眼科医生，会被患者砍伤了宝贵的左手，现在因为失血过多还在重症监护室急救。

她想到了老专家。她问自己：如果有一天在路上见到他这样的老人摔倒了，我会怎么做？结果是她很有可能会去扶起他。范晓蕾被自己这个想法吓了一跳。她后来反思过，对她而言，老专家做错了，可他在生命中也一定做过好事。连陶勇医生这样的好医生，都会遭遇这样的不幸。

生命的复杂和蹊跷,是这样的复杂难明。

范晓蕾更加珍惜当下了。她小心地在用眼和科研之间做着平衡。2020年12月,她的专著《汉语情态词的语义地图研究》正式出版。2021年,她顺利通过了考核制度,从助理教授晋升为长聘副教授。

范晓蕾的生活彻底稳定了下来。

不过,对于那家私立医院,她没有选择放手。2023年7月14日,她前往公安局正式报案。2019年司法诉讼二次审理的判决结果,至今没有定论。

随着新闻报道的持续跟进,越来越多的人知道了范晓蕾的事,包括学术科研界的诸多权威学者。其中,有对她坚持近10年的行为,大加赞赏的。也有许多她曾经崇拜的学界权威表示不理解,他们对她说:"你既然已经拿到了终身教职,就不必再上诉了,有这时间做点儿啥不好呢?"

范晓蕾发现,恰恰是劝她不要继续上诉的人,遇到自己利益受损的情况时,并不像他们表达的这样宽容和大度。这反而让范晓蕾明白,并非所有的理解和善意都是理所应当的,支持她的人是如此珍贵。

她的代理律师十年如一日地跟她说:"你申请的'惩罚性赔偿'这条法律条款,中国还从来没有实施过。"

她笑了,说:"我们要做的就是不让这条法律条文成为一纸空文。"

13

蛋塔

拥抱偶然

蒙古族姑娘蛋塔（化名）的故事，从她初中决定卖二手书开始。她想做什么就付诸行动的性格，源自和世界的互动经验。

18岁那年，她独立填报了高考志愿。毕业后，还没想好做什么的她待在邮局里做柜员，朋友说来天津吧，天津能赚钱。蛋塔就去了天津，朋友却失联了。失望之后，她选择留在天津，开起了零食店，并运营起微信公众号。随后，她又从天津来到北京，做线上培训，最后转行进入公关行业。然而，她始终没有找到可以长久坚持做下去的工作。

直到一次偶然的聚会，蛋塔决定参加司法考试，才终于找到了真正热爱的职业：律师。那时，距离她毕业已经过去了整整10年。

3年后的今天，蛋塔在律师的执业生涯中，依然对下一个案件遇到的人和故事，充满期待。与此同时，案件为她提供了一个旁观他人生活的视角，让她能够看到生活的不同侧面。而她也尝试以律师的见闻为创作源泉，借助网络普法或通过脱口秀讲述，把这些故事编织到更广阔的生活里。

现在，律师、短视频与脱口秀从最初的偶然事件，逐渐成为她的日常。随着时间的流逝，蛋塔开始意识到，这么多年她最渴望创造的，是自己的人生。

她从草原来

蛋塔出生于内蒙古包头市,是家中长女。1993 年,蛋塔上小学,弟弟出生,父母忙于照顾弟弟,每天由单位里有空的同事随机接送她上下学。由于每天接送她上学的人都不一样,蛋塔学会了跟人快速熟络起来。蛋塔的父母、爷爷奶奶、姥姥姥爷,都是纯正的蒙古族人。到了蛋塔这一代,虽然住在城市中,牧民的血性稀释了不少,大草原的自由随性却没少。

蛋塔脸圆乎乎的,个子小小的,只有讲话的语调保留了草原的淡定。她上蒙古族小学,班上 80% 都是蒙古族同学,老师也是蒙古族老师,学校有全蒙文授课课程。父亲考虑得长远,为了蛋塔未来的职业发展,让她上了全汉语授课班,好在每周还是安排了 3 节蒙文授课课程。真正是语言能力从娃娃抓起,汉蒙双语她都说得溜。

初中,她成绩排名在班级里常常是第一名。初中毕业,升入重点高中的那个暑假,她想卖二手书。"不会有人买你的二手书。"父亲说。

她也不反驳，只拿块布兜着书，在全家人的注视中，大摇大摆地出门去，找了个人流量较大的地儿就摆起了摊。果然如父亲所言，没人来买。她也不沮丧，到了晚上，又兜着书原封不动地走回家。很久之后，蛋塔才从姑姑口中得知，她出门后，父亲看天以为要下雨，没一会儿也拿着伞出门，在她摆摊的地方远远地看顾着。

这是一个改变蛋塔命运的核心事件。从此，父亲和蛋塔确立了彼此的相处模式：父亲该提点时提点，保护却不过多干涉。蛋塔有了想法就付诸行动，做出选择从不回头。高中，她选择了理科。高二，换了物理老师，从此她再也听不懂物理了。好在高考总体成绩不错。那年，南开大学在包头市的招生名额是34人，蛋塔高考名次恰好卡在全市第34名。蛋塔的父母没有上过大学，人生的第一个关键节点，蛋塔全权对自己负起了责任。

选大学还是选专业，在那时已经是个问题。蛋塔先选了学校，她非常清楚地知道，自己想上南开大学，可读什么专业，她又迷茫了。当年南开大学在包头市招生的热门专业录取分数过高，以她的成绩排名，好专业一定是报不上的。挑来选去，只剩下一个从未听过的微电子工程专业。翻遍了报考专业录取指南，蛋塔也只找到零星信息："微电子工程是高新技术领域的专业，必将引领下一个时代的风口。"她宽慰自己："21世纪是高科技的时代，我不能落伍。"她的大学专业就是这样报上的。

2006年9月，怀抱着对新生活的期待，蛋塔从包头坐了十几个小时的绿皮火车来到了天津。开学第一课，直接掉进了大学物理的泥坑。看着老师在黑板上写着看不懂的物理公式，蛋塔如听天书。临到大一物理考试时，望着看不懂的试卷，蛋塔沮丧地想，高中就应该选文科，彻底断绝和物理的联系。

大一下学期，她发现同专业一起上课的同学消失了一部分，后来才得知他们不喜欢微电子工程专业，上学期就着手转到了法学院的法学专业。后来蛋塔了解到那些转到法学院的学生，轻而易举地考了高分。彼时还有些傲气的她心想，看来法学也不是什么高大上的专业。但不转专业的真实原因是手续过于烦琐，她又不是那种会主动求变的性格。

大一大二，蛋塔将大部分时间投入辩论赛，过得充实又快乐。2008年，全世界仿佛都在铺天盖地报道着北京奥运会即将举办的消息，莫名让她与有荣焉，觉得未来一片坦途。直到暑假前的期末周，她发现在辩论社团读信息安全专业的同学，还要参加法律专业考试。蛋塔疑惑问道："你们怎么能同时修两个专业？"同学回答："因为信息安全不好就业，所以我选择修一个法学专业做保障。"这番话让蛋塔模糊地意识到了毕业后潜在的就业危机，她开始认真思考起自己的未来。然而，思来想去，也没有想出什么好办法。转念一想，距离大学毕业还有两年时间，那就等到毕业再做打算吧。

后来，蛋塔回望大学生活时对朋友说："我就是太懒了，喜欢安于现状。如果没有外界的推动，真的很难打破生活的惯性。"这种性格延续到了毕业，她顺其自然地从学校走进了职场，开启了自己随遇而安的10年职业探索。

没有规划的职业道路

2010年，蛋塔大学毕业，到了不得不投简历找工作的时候，她也不知道自己想干什么，就拿着简历去不同招聘会碰运气，打算碰到什么就去做什么。临近毕业，工作都没有着落。

父亲的战友刚好问了一句："孩子今年毕业找到工作了吗？"蛋塔的工作就此有了着落。她接受亲友建议，投递邮政岗位，就此在包头市一个坐落在城乡接合部的邮政网点做柜员。邮政当时主营包裹存取，兼做少量现金存取款业务。当时物流运输巨头还没有兴起，就连自动取款机都要3年后才开始大范围应用普及。邮政作为国企单位，稳定又体面。

每天早上9点，蛋塔都坐在厚厚的玻璃后面，给排着长队的人办理包裹寄送。那段时间，她说得最多的话是"填一下这个表格"和"下一位"。对了，偶尔她还要为邮政征订业务做些贡献，一家单位从她这里征订了邮政20份报纸。那时候，业务丝毫没有起色的直属领导，一高兴就奖励了蛋塔一袋大米。

那天下午 6 点，蛋塔像往常一样准时下班。如果说这天有什么不同的，那就是她扛着奖励的大米回了家。母亲看到女儿从单位带回家的"小恩小惠"，由衷地为她高兴。

朝九晚五地在邮政小窗口做了一年柜员，每个月工资 2500 元稳定到账，偶尔还能发点儿米面油，工作清闲有保障。工作第一年，蛋塔用手机看了一年的新闻，从年初的"雾霾"到年尾"单独二孩"政策的出台，外面的世界很精彩，正在经历着巨变。而她的今天和明天却没区别，每一天都在无尽地重复。

她开始常常生病，话越来越少，心情比以前郁闷。

2013 年 7 月开始，蛋塔开始在家休病假。她发现不上班，没有了同事间的交际，工资竟然能攒下来了。也正是在这一年，南开大学的一位校友联系她，请她回天津帮忙做电子商务。彼时传统行业与互联网技术结合形成了"互联网＋"模式，形势越来越明朗。

蛋塔蜗居在包头市一所居民区内，如同热锅上的蚂蚁一样有一种出走的冲动。那段时间，她常常在屋子里转悠，偶尔在厨房里看着单位派发的 20 个鸡蛋，心情越发沉重。在父母门前徘徊了很久，也不知道该如何开口。父亲看出来她的纠结，在饭桌上用一句轻巧的话化解了她的焦虑："无论做什么职业，只要能养活自己就行。"

自此，她没有后顾之忧地踏上了回天津的火车。

然而，当蛋塔满怀希望地到了天津，准备大展身手时，一直跟她联系的校友却失联了。那段时间,她尝试通过 QQ 和电话跟对方联系,都没有得到任何回复。直到有一天,发现对方的电话已注销,校友群里也无人能联系上他。

在日复一日地短暂等待后,蛋塔悟出了一个道理:我们认识的每个人,都可能从无所不知变成一无所知,最终成为彼此生活中的谜。

蛋塔想,来都来了,那就想办法在天津做点儿什么吧。

2014 年,为了生活,也为了有更多自由,蛋塔在天津开了一家零食店,把自己从国企员工干成了个体户。

当时,美团和饿了么还没有兴起,外卖员还没有成为一种职业,人们对送货上门的需求却已经存在。蛋塔在零食店印上自己的手机号码,有需要的人渐渐地通过短信下单购买零食。当时店里只有她一个人,那就身兼数职,既当老板又当外卖员。每次收到送货上门的短信,她都要先关上零食店的门,带着大包小包的零食在周边穿梭送货,送完再回来开门继续做生意。这么折腾着跑来跑去,零食店的收益也就每日百元。

这样的日子过久了,她又闲不住了。2014 年,微信代替 QQ 成为全新的即时通信软件,微信公众号崛起,成为各大企业的对外产品营销窗口。蛋塔在使用微信的过程中,接了两三家企业的微信公众号对外运营工作。那时候一家企业按月付给她 2500—3000 元,在内容创作上给了她相当高的自由度。这是她第一次认真地通过文字表达抵达市场。她既赚到了钱,又发挥了创造力。

这一年,她在天津过起了闲散又充实的好日子。

转眼到了 2015 年年底,零食店早因为房租到期关了门,下一站去哪儿她还没想好,刚好在北京的师兄打来电话:"蛋塔,来北京到我开的公司做 E-Learning(线上培训)吧。"这次蛋塔没有立刻答应。她在天津徘徊了很久,隐约回想起早些年回到天津的理由:一位校友邀请她来做电商,后来音讯全无。

她又回家待了一段时间,这一次惊奇地发现包头市和童年记忆中的不同。城市的建筑低矮,从家去学校的路途不像小时候以为的漫长迂回,除了通往家和亲戚家的街道,其他街道乏善可陈。她第一次认真审视这座城市,发现在亲缘关系维系的地点之外,她竟无处可去。有一天闲逛,她路过第一份工作所在的邮政网点,看到网点已经接近裁撤。柜员的工作已经被手机支付取代,和她同期入职的同事早已不知所终。她站在门口看了一会儿,感叹道,幸亏当年离开得早。

她在家附近徘徊了两三圈,在北京的师兄又打来电话,在电话那头旧事重提:"蛋塔,你考虑得怎么样,要不要来北京……"

蛋塔站在小区里,望着面前除了被时间磨损几乎没有任何改变的道路,思绪飘飞。小时候,包头到北京还没有通高铁,那时候从家到北京需要坐十几个小时火车,不像现在 3 个多小时就能到。那时候,她每次听别人说去北京,都觉得那是一个很遥远的地方。

师兄在电话那头打趣道:"你不会是效仿诸葛亮,非得我三顾茅庐才来吧?"

"我去!"蛋塔在电话这头回应得干脆利落。

"别急着拒绝……"师兄一时没反应过来,愣了一下,"你刚才说什么?"

"什么时候上班?"蛋塔问道。

"哦,当然是越快越好啊。"她语气坚定,师兄一时没反应过来,"等等,你该不会在开玩笑吧?"

"我去!"

她成了一名律师

2016年1月,蛋塔从天津搬到了北京工作生活,做线上培训软件公司的业务员,开始接触互联网思维。经济上升期,投资也多,她跟着师兄穿梭在不同的创业会上,跟着行业欣欣向荣。在外面跑来跑去,接触新鲜的资讯和不同的人,她精神好了,身体也更好了。那时候,她有很多精力,每个周末都要去探索这座城市,从繁华的国贸、三里屯到传统的雍和宫、五道营胡同,眼睛忙得看不过来。每到一个地方,她都要留下一句感慨:"瞧瞧,这就是大城市啊!"

闲暇之余，她还主动组织南开大学校友聚会，新朋友老相识共聚一堂，都能得到大快乐。半年后，弟弟大学毕业搬到了北京找工作。两人租住在一起，亲人相伴，事业顺利，一切都是新鲜的。

在北京的第一年，蛋塔过得惬意又丰富。

2017年，师兄找蛋塔谈话，告诉她公司需要进行策略调整。听师兄遮遮掩掩地谈了半天，蛋塔明白了师兄的公司也快开不下去了。她从公司离职，也顺便转换职业路径，进入一家第三方支付公司，开始做产品文案，或者更为确切地说是做危机公关。

公关组人员稳定，来来回回都是相对稳定的同事。危机并不是每天都有，因而公关的存在虽然必不可少，却又显得可有可无。没有危机时，她写产品公关文章，没有考核，也就没有压力。每当危机时，蛋塔就要违心写自己都不认可的夸赞产品的软文。她常常写着写着，陷入沮丧的情绪中。做公关的工作，让她仿佛又回到了在包头邮政做柜员的日子，只不过那时是坐在柜台前，现在是困坐在一张长1米、宽0.8米的工位前。

2018年春节假期返工后，她坐在狭窄的工位上像往常一样发文章。文章发布后，她瞄了一眼发布日期，意识到现在是2018年，而自己完全记不得2017年发生过什么事。那一刻她脑中警铃大响，现在她不仅要处理公司的公关危机，还要处理自己的精神危机了。

她开始认真反思现在的生活：如果在北京过着和在包头一样朝九晚五、如同"坐牢"一样的生活，那为什么要来北京呢？

在沮丧中，她给要好的朋友发去了出门吃饭约见的短信，却没有得到任何回复。接下来的几个月，这位朋友一直处于失联的状态。就在她以为这位朋友即将消失在自己生活中，成为又一个谜时，朋友突然在微信上叫她出去吃饭。

和朋友见面的那天，蛋塔好奇地问："这几个月你怎么没联系了？"

朋友淡定地答道："闭关学习去了。"

"考研吗？"

朋友低声说道："准备司法考试。"

蛋塔又问："那考过了吗？"

朋友神秘一笑，说："低分飘过。"

蛋塔想起大学辅修法律专业，考了法律专业硕士却没有通过司法考试的同学。两相对比，她寻思，也许司法考试没有想象中艰难，那为什么自己不试一下呢？也许是那段时间，工作真的过于悠闲了，她报了司法考试的课程班。

在课程班学习的日子，让她又一次找回了刚到北京的充实感。司法课程上，老师用生动翔实的案例，增加了她对世界多样性和人类"物种"丰富性的了解。在课堂学习中，她常常忘了自己是个有工作的人。

2019年，在蛋塔拿到了司法部颁发的法律资格证书的同时，也被公司裁了员。这件事，打破了她骑驴找马的完美计划，现在"驴"没有了，"马"也不知道何时才能出现。突如其来的失业打破了她的生活惯性，此后很长一段时间，她都对这位前任老板的"无情"难以释怀。

2020年，疫情来临，好在蛋塔已经凭借着法律资格证书，获得了在律所实习的入场券。一年实习考核期过后，她顺利地从实习律师转正为执业律师，正式入职一家公司做法务工作。然而，蛋塔的弟弟就没有这么幸运了，在被公司裁员后，他找了很长一段时间工作都无果，最终决定回老家。

送弟弟走的前一天，蛋塔和他在一块儿闲聊，内容大多围绕着他们上学时的回忆。

弟弟问："姐，你还记得咱们上学时候的事吗？"

蛋塔静静地等着他继续说。

"我初中跟你不一样，我读的是蒙古族中学，班上大多数同学还过着游牧生活。他们的家人会随着季节的变化，带着家和牲畜，迁徙到不同的牧场。"弟弟继续说道，"吃牛肉，喝羊奶，辽阔的草原，养不出拘束的性格。"

"怪不得我长不高，都怪咱爸妈没有继续游牧。"蛋塔漫不经心地回答着，说到最后笑了起来，"咱俩其实不太像蒙古族。"

弟弟沉默了一会儿，突然说道："姐，难道你没发现，你天生就爱自由，喜欢新鲜感吗？"

这场离别前的小插曲，在蛋塔送走弟弟，独自回到空荡荡的家后，不时在她脑海中闪现。

弟弟走之后，她突然发现生活一下安静下来，曾经熟悉的朋友这两年也三三两两地离开北京，到别处安家立业。她觉得生活空落了许多，但也接受阶段性的变化。2022年，她发现北京繁华的一面，跟她的内心已经没有什么关联后，把家搬到了西五环附近，开始关心粮食和蔬菜。

当然，律师的工作还在继续做。这份工作，总能把不同的人带到她的生活中，让她窥探到日常生活中不常见的另一面。有一天，她突然意识到，这份工作已经坚持了3年，比之前做过的每一份工作都更长。她心里冒出一个念头，我或许会做一辈子的律师。意外的是，她竟然觉得这个想法还挺不错。

从毕业到现在，历经10年探索，蛋塔终于发现了自己想做并且能够坚持做下去的职业了。

让生活流动起来

2023年年初，她离开了律所，开始独立执业。与影视剧中那些总是西装革履、处理跨国公司"高大上"案件，或代理充满使命感的正义案件的精英律师不同。她笑称自己做的都是

"鸡毛蒜皮"的小事。可正是在这些小案件中,她反而获得更多满足,见到了多样的生活样态。

蛋塔代理的案件多是弱势群体权益受侵害的司法援助案件。她曾帮助一群农民工追回薪资。她发现,农民工往往是通过同乡的介绍来到城市打工。"这里有一份工资500块的工作,你来不来?"这样熟人推荐的方式,让农民工常常没有意识或是不好意思签订正式合同,这就为后续的劳动纠纷埋下了隐患。刚从业时,面对这种情况,蛋塔都会尽力奔走帮助,然而案子胜诉的判决是下来了,但薪资的追讨常常遥遥无期。

随着她在司法援助领域的经验积累,情况逐渐好转。她发现,农民工的司法意识日益提高,哪怕很多工作不会提供合同,但他们学会了在工作中拍照、录音,甚至保留微信聊天记录,用这种方式来维护自己的合法权益。2024年10月,她代理了一起农民工讨薪案件,春节前收到了他们的感谢电话,得知工资已经发放。那一刻,她由衷地为他们能过个好年感到开心,同时也意识到律师和以前工作的不同。作为律师,她能够切实帮助到别人,看到自己的作用和价值。而这一点,正满足了她内心深处渴望帮助他人的愿望。

在这一行做得久了,她发现在看不到的地方,每个人都有自己的晦涩难言,好在只要肯往前走,事情终究都会得到解决。法律援助工作给她带来了很多成就感,但独立工作收入不稳定的一面也成了蛋塔不得不面对的问题。

她尝试着围绕着律师的职业身份开拓律师之外的业务领域。在做律师代理的同时，她开始尝试着把遇到的案子编写成剧本，拍成短视频，发布到网络上的个人账户中。这些内容一方面满足了她的创作欲，另一方面也算是做了普法，顺便也有很多人循着网络来找她做法律咨询，扩大了她的案源。

一开始，蛋塔的短视频内容主要围绕婚恋纠纷展开，凭借流量和关注度，她发现这类话题似乎大有潜力。然而，随着评论区的讨论越来越多且逐渐失控，她最终决定放弃拍摄婚恋相关的内容。朋友劝她："这一块流量很容易做出来，大家都在做，何必放弃呢？"

虽然蛋塔没有经历过婚姻，但她知道，现实生活中的男女关系远不像网络上讨论得那么简单或极端。她更愿意相信自己看到和感受到的，"也不是所有人都是那样的"。于是，她调整了拍摄方向，转向了知识产权维权领域的内容创作。她依旧想好了就做，有灵感就写，写了就拍，没有灵感就停一停。创作，实在不是一件能着急的事。

短视频不温不火地拍摄着，当生活在不确定性中走进一种稳定的状态后，对新鲜感的追求悄然占据上风。蛋塔开始琢磨着如何满足自己的表达欲，她喜欢看脱口秀，看得多了，也想上去讲两句。一开始她去已经成立的开放麦厂牌自荐，因为没有商演经验，被拒绝了好几次。

"那我就自己做个厂牌单干吧。"她想。2023年10月某个周一，蛋塔决定成立自己的脱口秀厂牌。念头是周一上午产生的，"笑开喜剧"的脱口秀厂牌是她中午花40块钱做好的，下午她就从校友群里联系了在北京开店的校友，订了周三的场地，晚上她在好几个开放麦群里问是否有像她一样想讲脱口秀的人，因为"挖"别人"墙脚"的行为，被群主警告了好多次。

不过，这一问不打紧，一向安静的群里冒出100来个人报名。这群人职业背景各式各样，有被裁员的厨师、在大厂工作的程序员，还有学生。看到在群里热烈讨论的网友，蛋塔笑了起来，她意识到原来在这世界上有这么多和她一样，想和这个世界谈谈的人。

周三晚上，蛋塔带着100来号人，气势十足地来到了位于双桥的表演场地。

那晚，一群素不相识却因为蛋塔的厂牌聚集在一起的人，一个个走上简易的脱口秀舞台。舞台上，他们用笨拙却真诚的方式讲述着生活中的酸甜苦辣。舞台下，无论台上表现如何，都会传来热烈的笑声和鼓掌声。而蛋塔呢？她不仅完成了有厂牌以来的首场脱口秀表演，还在台下坐着，一边听着别人的脱口秀表演，一边心里热乎乎，眼睛亮晶晶的。

10月底的北京开始冷了，那一晚，她却觉得很暖。

创作自己的人生

2025年,是蛋塔大学毕业的第15年,她即将在北京生活的第10个年头,成为律师的第4年,做短视频的第2年,也是脱口秀悄然融入她日常生活的第1年。

律师蛋塔依旧对下一个案件中的当事人和故事充满期待。这个职业,为她提供了一个旁观他人生活的视角,让她看到了生活的不同侧面。把生活现实二度创作为脱口秀素材和短视频内容的过程中,她的身份也从旁观者转化为了创作者。律师、短视频与脱口秀在她的生活中互相交织,从最初的偶然事件,逐渐成为她的日常。

时光流转,兜兜转转一回首,她意识到,这么多年来她最渴望的,始终是自由的创作。而在这些创作中,她最想创作的一件作品是,她的人生。

14

袁凌
一位作家的，选择就是放弃

博士学位、体制内工作、北京户口和在北京购房定居，是许多人追求的目标。对于作家袁凌而言，这些曾经触手可及。在获得它们的关口，袁凌听从内心的召唤，从现实框架中跳脱出来，做出了与内心契合的选择。

如今，他没有北京户口、稳定的工作、单位社保和北京房产，以独立作家的身份在北京租房生活。直到 2024 年 7 月，袁凌在网络上发布了一条找工作的信息，引发了全网的讨论。网络讨论逐渐从他找工作这一核心事件，蔓延到与此毫不相干的议题。

那些由他过往选择所呈现的结果，经过时间的沉淀，在动荡与变化的当下，呈现出一种流动的状态。在他与他人的交流和碰撞中，这个结果引发的讨论，有时偏离他，有时靠近他，却始终不是他。

不论这是不是他的本意，他的生命经验和当下社会的相遇，都提供了关于另一种生活的可能性。而这个可能性，也许会拓宽那些在内卷中苦恼挣扎的青年一代的选择路径。

引子：找工作的作家

独立作家袁凌，开始重新寻找工作。

2024年7月11日，袁凌在豆瓣网个人账号上，发布了一条自己开始重新寻找兼职工作的信息。8月，《一个贫穷的作家决定重新找工作》一文发表。以"作家袁凌找工作"这一事件为核心，网上激起了层层的关注与讨论。

网络热潮逐渐退却后，面对那些真正关心他近况的人，袁凌没有回避，"我只是未雨绸缪的意思，并不是说我现在过不下去"。网络上的诸多讨论，也许意味着当下的每一个普通人在他的处境中，看到了生活本身的颠沛。对此，他重申初衷："我并没有太多（的意愿）要表达这些意思，我也就是找一份兼职，以此支撑自己继续写作下去。"

对发生在自己身上事件的回复和他的写作理念，不谋而合。在他的非虚构写作作品中，他坚持描述个体的真实处境。作品进入市场，面对读者，读者对作品的解读和理解，不由他控制。而"作家袁凌找工作"一旦进入公共领域，旋即成为诸多网友发表意见的事件池，这里欣赏有之，批评有之。

有网友翻出他的过往生命经验：在学业上，他主动放弃在清华大学就读博士的机会，选择成为一名记者；在职业上，他从纸媒《新京报》的副主编顺利转行到互联网大厂新浪网，并做到中高层的领导职位，却在能更进一步时选择放弃一切，回到家乡写作；在生活上，他曾有机会拿到北京户口，并且能够在北京买房安定下来，但他同样没有付诸行动。他放弃了当下无数人梦寐以求的选择，得到了写作出版的机会，实现了初中萌芽的作家理想，并一直延续至今。

一个人忠于内心的选择，无意间挑战了社会的传统规范，在外界引发了广泛讨论。对于外在的纷扰，袁凌始终坚持一种独立的看法："我也没想到很多人在里面找到了自己，但也有另外一些人发表一些他对人生的看法。"

大众对他本人及过往履历的解读和理解，有时偏离他，有时靠近他，却始终不是他。只是不论他本人如何坚持个人生活和书写的真实性，回避公共价值，他的生命经验和当下的交织，都提供了关于另一种生活的可能性。而这种可能性，也许会拓宽那些在内卷中苦恼挣扎的青年一代的选择路径。

放弃清华博士学位

2003年，袁凌结束在重庆的4年记者工作。在农人收割小麦的初夏，他乘坐着火车，"晒着北纬39度的阳光"来到了北京，短暂安顿在东城区六铺炕一座充满了静电的招待所内。

袁凌是清华大学的博士候选人，这次来北京是为跟随思想文化研究所的葛兆光教授攻读博士学位，研究方向为古代思想史。秋天开学后，他搬进了清华园，在有两张铁架子床的学生宿舍中安顿下来。

到清华的第一天，他和朋友见面，偶然见到一位业界前辈，得知由《光明日报》和《南方日报》两大报业集团联合创办的日报《新京报》即将创刊。站在今天回望，那是都市报黄金期的末尾，彼时对新闻还充满热情的袁凌，义无反顾地投了简历，依托在重庆做过4年记者的经历，顺利地加入了《新京报》，再次做起了记者的老本行。

11月11日，《新京报》正式创刊，一群新闻人在社会转型的阵痛期，潜入社会深处，记录、书写着时代的变化。尽管袁凌和其他记者一样怀揣着记录时代的新闻理想，但与获取第一手动态的兴趣相比，他更擅长且愿意从事追踪式报道。刚好也是在这一年，SARS（传染性非典型肺炎，即非典，又称严重急性呼吸综合征）暴发。同年7月5日，根据世界卫生组织的公告，全球非典疫情宣布结束，但这并不意味着所有的病例都完全消失，而是指疫情得到了有效的控制，不再构成全球大规模传播的威胁。

重大公众事件的浪潮逐渐从大众的日常生活中退去，生活似乎再次回归平静。可在袁凌这里，却不是这样，出于对他人持续的关切，袁凌把目光望向曾身处 SARS 风暴中心的 SARS 患者身上。他关心他们的处境，想知道他们的生活是否真的能够回归正常？

他开始每天从五道口出发，穿梭在不同城区的医院和太平间中寻找 SARS 患者，其间，他既需要面对采访中存在的不解，也需要面对真实而艰涩的现实。经过两个多月的走访调查，袁凌写出了《北京 SARS 后患者骨坏死不完全调查》的报道。报道发出后，舆论哗然。然而，这一切似乎没有给他带来太大的影响。他即刻投入湖南衡阳大火现场的调查报道中。

在清华的第一个学期，是袁凌用一篇篇新闻报道定格而成的。也正是在这段时间，袁凌逐渐发现学者与记者的身份难以兼顾。他做出了从清华大学退学的决定。这个选择在当下的公众语境中引发了广泛讨论，可在 20 多年前，读博士并未像现在这样被视为理所当然的选择，那时候还有"呆硕士、傻博士"的说法。不过，相较于主流认可的投身于市场经济的下海浪潮，袁凌当时的选择也是非同寻常的。可相应地，也正是因为当时大家都不去读博士，因而博士生数量相对稀少。如果有人能够在当时完成博士学业，毕业后不仅能直接获得北京户口，还能享受到随之而来的诸多现实利益。这一切都需要经由时间沉淀后才能给出一个答案，毕竟在选择的那个当下，谁也不会预料到事情未来的走向。

时代的评价标准每时每刻都在变，对袁凌而言，他不过是遵从内心的感受而已。如今，大众只看到了一个选择的结果，并以他为中心，投射着自我期待。但他们不知道的是，从做出退学的决定到真正退学的漫长过程，对袁凌而言，从不轻松。

退学前，袁凌为兼顾职业与学术做出过努力。他向学校申请病退或者休学一年，学校没有批准。那段时间，他在学校里徘徊。室友每晚用电话卡打长途电话，有时袁凌会听到电话那端传来小孩奶声奶气的声音，他意识到那是一个与自己截然不同的世界。他沿着清华园中弯弯曲曲的人工河流走到北大的地界，一路走去，偶然发现了校办殡仪馆，生命的无常不期然地显现在眼前。他还去过师兄的单身宿舍，在故纸堆的缝隙中，看到蜗居在书山中的师兄。他明白了一件事：我不想待在这里，成为另外一条书虫，从生到死被安排妥当。

他回到宿舍，翻开新出的报纸，翻到印刷着自己写的整版稿件那一面，逐字逐句地仔细阅读。纸张上油墨的气息弥漫开来，黄昏的光影透过老旧的窗户洒进来，窗外传来报春鸟的叫声,春天在冬天的土壤中萌芽。袁凌意识到内心真正的渴望,他控制着身体为即将做出改变人生的选择,而引发的反应,只让它微微颤抖着。

时间是有限的,生命是短暂的,袁凌不再去上课,他在远离校园的地方奔走。半年后,学校找负责导师商量。葛兆光教授说:"与其多一个不情愿的学者,不如多一个有良心的记者。"虽然那时候,读博士并不是大众看好的选择,可对于葛兆光教授而言,他要认可一位学生,才会愿意招收。那年,葛兆光教授只招收了袁凌一个人。导师应该是失望的,袁凌想。那时候,他还不知道,多年后,葛兆光教授在看了他写的报道后,让人嘱咐袁凌加上了他的微信,袁凌也会把自己写的书寄给老师。师生二人至今依然保持着君子之交,淡如水的情谊。

冬天末尾,袁凌搬走了铁架子床上的被褥和书籍,离开了清华园,开始处理退学的后续事宜。首先,他面临着户籍无处安放的困境。这位曾在西北大学本科就读、硕士毕业于复旦大学,并在重庆做过记者的高才生,在外漂泊多年后,最终带着无处安放的档案和户籍回到了家乡。留在家乡的父亲带着袁凌重新挂靠户口。亲戚得知他回来后,对他多年缺席乡村生活的求学和工作经历,无端生出诸多揣测。

堂舅认为他压根儿没有上过大学,最多只有大专学历。和哥哥搭乘运煤车,只有中专学历的哥哥,因为在企业里有一份相当体面的工作，获得了坐在驾驶室的待遇，袁凌被安排坐在货舱的煤堆上。别人拿他和哥哥比较，毫不避讳地当面告诉他："你不如你哥，他是能赚钱的。"这样被区别对待的事例，数不胜数。

在当今大众肆意评判他的人生之前，他已经承担非议许多年。

放弃新浪网高管职位

告别了学生身份，处理好户籍问题后，袁凌继续做记者。

在北京，个人的居所往往由工作单位的地址决定。《新京报》的地址在西城区永安路106号，《光明日报》的顶楼。袁凌和8个同事合租，住在了东城区天坛路附近的金鱼池小区一栋复式房，距离单位不远。那时候，北京的房租还没有像房价一样"高歌猛进"，"群租"、"隔断"和"地下室"这样的词语还没出现，一切都在野蛮扩张。

袁凌的一天，常常从午夜离开主管编辑烟雾弥漫的楼梯间开始，离开办公大楼的那一刻，他的内心有交稿后的解脱和空虚。此时末班公交车已经停运，夜晚的空气沉淀了白日的喧哗，缓解了眼睛的酸涩和头脑的昏胀，他就着路灯的光，走在永安路空无一人的街道上。

一路上，三三两两的人正酩酊大醉，蜷缩在路边摊上。他小心地避开满地的玻璃酒瓶、醉酒后留下的呕吐物，屏住呼吸。他用自己的方式感知着这座城市的脉络。那时他租住的金鱼池小区，曾是老舍笔下的龙须沟——一条曾因污水堆积而臭气熏天的水沟，如今已被改建成了居民区，再也看不出当年贫民区的痕迹。新建的一排排回迁房排列整齐，外观干净整洁，毫无杂乱之感。北京这座城市，每时每刻都在变。袁凌也在变，自从在清华园里用洗衣粉和冷水洗头之后，他的发际线在不断地后移。那年他30岁了，生活以迅疾的速度向前。

那时租住的地方，只有一张暂时栖息的行军床。

他常在凌晨接到采访电话，穿着昨晚尚未脱下的衣服，背起包，冲到两千里外去采访写作。调查完成后，他要从看似毫无头绪的海量调查资料中，梳理出一条主线，然后坐在电脑前，敲击着键盘，用一个个字组成句子，句子与句子连接，填满空白的文档，构建起世界的一面真实。常常是在深夜完成这个过程，把稿件交给主编，由报社印刷分发，送到读者手中，成为这个世界的一部分。至于那些因稿件而获得的赞誉，他从不在意，只是埋头做自己的事。除此之外，他别无依靠。

生活周而复始，却并不重复。那时候同租一房的大家虽然生活阶段不同，却是从天南地北聚到一处，在同一家报社工作,总归靠着缘分才遇见。那时候,结了婚的老胡在,小韩在,小李也在,他们偶尔会来金鱼池,和袁凌及其他3个同事住在一起。大家都有着切近的理想,虽然因生活繁忙而难以凑全,可相互之间总能说上话。

房子总是住着住着才发现有问题,人居其中,难免有磕绊。房东没有给屋子装空调,也没有安装锅炉暖气。北京的冬天很冷,冬天开一会儿电暖器,电费就噌噌上涨。分摊电费时,人难免有微词。再加上阁楼屋顶漏雨,很快浸透了屋顶,石灰剥落,总让人担心屋顶会塌陷。

不久,大家分离,各寻住所。

袁凌依旧与老胡一家合租,这次租的是一套位于居民区的两居室,房子是从报社的同事手中转租过来的,位置就在《新京报》附近。东西两城区的房子楼层普遍不高,因此窗外总有树木相伴,袁凌租住的次卧,窗前就有一株树木。搬家半年后,袁凌从《新京报》离职去了上海。但不久后又回到北京。

2006年,他入职新浪网,成为新浪网新闻中心的副总监,在32岁时成功跻身管理层。把时间线拉长,从世俗经济的角度来看,调查报道逐渐衰落,互联网兴起是时代发展的趋势,而袁凌能够从传统媒体人转型进入互联网大厂,意味着他在时代发展的浪潮中找到了安稳的栖息地。并不是所有的同行,都能够像他这样转型,很多人随着传统媒体的衰落,逐渐消失不见了。

在新浪工作的日子，对袁凌而言，是一段难得循规蹈矩的经历。在这里，他不需要像做记者时那样随时待命，奔赴千里进行采写，也不需要在采访现场突破重重障碍。随着职业的顺利发展，高薪、股票期权以及赴美的机会纷至沓来。只要他愿意，一切都触手可得。

然而，这些得到的东西，对于袁凌来说，却是失去的开始。

一行行文字让袁凌失去了与人交流的机会，他只需坐在办公室，面对电脑抓取新闻，这使他失去了对现场的敏锐感知。互联网行业的快速发展不断吞噬着他的个人生活空间，即使下班后，他也不得不时刻拿着手机，关注最新动态，及时更新信息。

更让他焦虑的是，心中始终盘旋着另一个念头——回故乡"还债"。这源于一次意外的回乡之旅，他发现家乡几千年来的面貌发生了剧变，平地起高楼，旱厕变成了马桶，粪便被直接排入河中。与此同时，许多水电站开始建设，外出打工的人越来越多，回来的人越来越少。这种变化给他带来了强烈的冲击感。他的内心有一种需要，需要回到家乡，在场写作。

尤其是最近，面对电脑上的一行行文字时，这种割裂感变得愈加强烈。内心的焦虑和负罪感让他无法安宁。在新浪工作的第 8 个月，他放弃了高管职务，办理了离职手续，再一次放弃在北京的体面与安稳，回到了故乡——陕西平利县八仙镇。

他一直在坚持写作

袁凌回到故乡待了两年，写了故乡两年，两年内没有作品发表。2009 年，借由栖身的商店要转让的契机，他离开家乡，带着仅剩的 4000 块钱，再次回到了北京。

那两年的生活留给他的是，灰暗和晦涩的诗歌，外界的不解和失败的婚姻，还有时过境迁之后，只要回忆起依旧会脸色发红、浑身颤抖的耻感。每个人都有行动的自由，同时需要承担起行动的结果。再次回到北京，袁凌下定决心，只和文字打交道，他选择在《凤凰周刊》做编辑。他的职业道路，在外界看来，也许迂回难解，但内里主线却始终由"写作"构成。

写作，是他的命。

袁凌是在 20 世纪 80 年代末成长起来的一代人，刚好处于文学热潮的末尾。这种时代氛围，无意间在他心中播撒下了一颗种子。初中语文老师看到了袁凌心中疯长的文学枝丫，请求袁凌的父亲允许他去北大中文系就读，袁父却希望孩子可以报考金融或是法律这样更为实用、容易就业的专业。袁凌没有考上北大，却依旧读了中文系。

1990 年，作为村庄里第一个本科生，袁凌去重点大学西北大学念书。彼时，文学的热潮早已退去，进入大学后，教授们教授的第一课是"中文系不培养作家"。这对一个在文学门前徘徊的年轻人而言，是非常大的打击。

当时，学校请来了著名作家路遥做讲座，学生和老师们都排队问他要签名。袁凌站在人群外，看着被人群围绕着的路遥。那时候，他心里想：也许有一天，我们可以以一种平等的方式互相认识。1992年11月17日，路遥去世。

大学毕业后，袁凌回到家乡县城的法院工作。然而，作为一名重点大学的毕业生，又因为不是法律专业出身，他的身份引来了不少闲言碎语。没过多久，他就离开去做了老师。30年后，他和朋友谈到在法院工作的经历时不无遗憾，"我很后悔离开法院。作为法院的工作人员，我可以接触到大量的生活。即使是短暂的时间，我都接触了不少生活。那段经历其实与做记者接触到的生活不一样。记者接触的是外部的东西，采访到的东西可能无关实质，而一个法院的人，他涉及生活实质、利益。"

2011年，在《凤凰周刊》担任了两年编辑后，他决定重返记者岗位。经过半年的求职空窗期，凭借《新京报》前同事的推荐，他到《财经》杂志任职，重新担任记者，而他的主管编辑是当年的"小弟"。这一角色转换，对袁凌来说是一次挑战，但这次他做出了与之前在法院时不同的选择——只要能继续写作，其他困难都可以克服。

时代在不断变化，非虚构写作逐渐兴起，强调更加注重文笔的文本内容，这与以往调查报告时期注重逻辑和事实的内容侧重有所不同。袁凌对文学的热爱，驱使着他多年来一直坚持对自己进行文学训练。最终，文学也回过头来，拥抱了他。随着《血煤上的青苔》《守夜人高华》《海子：死于一场春天的雷暴》等一篇篇作品的问世，他逐渐获得了业内人士的关注，腾讯网连续把"年度特稿写作奖"和"年度调查报告奖"颁发给他。

2014年，在长久的生活准备和机缘中，他的第一部作品《我的九十九次死亡》出版。2015年，袁凌获得"腾讯书院文学奖年度非虚构作家"奖。从初中萌生作家梦，到为了靠近写作而选择做编辑和记者的迂回道路，如此曲折30年，袁凌完成了从"媒体人"到"作家"身份的转变。

朋友问他，到了40岁，才真正进入写作的核心，与风华正茂的年轻写作者相比，是否有遗憾？袁凌承认这个现实，同时对走过的生活道路表示尊重："好在我从没有放弃，作品出来的时候，积累了不少东西。"

在经历了长达30年的准备后，袁凌的生活在40岁后才刚刚开始。2016年，他开始在"真实故事计划"担任主笔，以后又回到西安生活。在长久的探索后，袁凌的生活似乎达到了他想要的平衡状态，既有稳定的收入，又有空闲时间创作。此后，他几乎保持着一年一本书的速度稳定出版，在获得业内人士认可的同时，也缓慢地找到了自己的读者，即使读者数量有限。

2019年前后，袁凌重新步入婚姻，与同样深爱文字的罗兰结为伴侣。在相处过程中，袁凌看到了长期在体制内工作的罗兰的积郁，也看到了她没被工作消磨而自我训练的写作才华，于是鼓励她说："实在不想干就辞职吧。"第二天，在体制内工作了13年的罗兰辞职了。如今，许多人都在争相进入体制，寻求稳定的工作和生活保障，而罗兰却选择脱离这份安稳，这一决定展现出的勇气值得敬佩。然而，随之而来的各方压力，几乎让这对夫妻喘不过气来。

辞去体制内的工作后，罗兰希望从事更有价值和意义的工作，她同样选择了文字工作。选择一个全新的行业，意味着此前积累的职业经验彻底归零，因而几个月来她始终未能找到合适的工作。与此同时，罗兰的亲属劝她重新进入体制内工作，却不知道体制内的招聘有35岁年龄限制，罗兰回不去也从未想过重返体制内。

雪上加霜的是，半年后，袁凌也再度失业，这一年，他46岁，决定不再找工作，开始全职写作。罗兰在经历了开启新事物总会经历的摸索阶段后，凭借着出色的写作能力，逐渐打开了局面，开始缓慢地向着她渴望的文学创作中心进发。

2021年，为了获得更好的工作机会，袁凌夫妇一起来到了北京。

危机感一直存在

租房，是北京的所有外来者都需要面对的问题。

刚到北京，袁凌夫妇住在十里堡附近一个老旧的居民小区，房子由一居室改装成为两居室，冬天屋子阴冷，暖气不热，总需要再开上电暖气才算暖和。北京的阳光都是明码标价的，这套屋子采光不好，客厅常年灰暗。家具和房屋构造都破旧。

对此，袁凌早已习惯。

在独身那几年，他曾和人合租过三里屯附近的一套"老破小"。有一次，他在卫生间上厕所，看着锈迹斑斑的排水管阀，蚂蚁成群结队地顺着剥落的墙皮爬行，而他突然在这狭小逼仄的空间里腹痛难忍，无人可以求助。在艰难地等待疼痛度过的时间，他心里生出复杂的情绪：房子几百米外就是珠光宝气的三里屯，而他很可能会在这座"老破小"的厕所里，在这群蚂蚁的见证下，独自死去。

生命的高贵和卑微，在疼痛中，被无限放大。

现在不一样了，他有家了，袁凌想让太太罗兰生活得好一些。2024年，两人带着小狗"滚滚"搬到了北京五环外郊区的一个镇上，用地理位置换取了宽敞明亮的居住条件，这个100多平方米的房子，使得"滚滚"的居住环境也得到了改善。

2023 年 3 月，特稿《城堡里的马原》发表，文章用平和朴实的语言，讲述了作家马原老年丧子的事件，很快在网络爆火。这篇文章的作者，正是成为记者不满两年的罗兰。她的"脱轨"生活，正逐渐走向正轨。

袁凌依旧走在独立写作的道路上，在这个阶段稳健地发表了《汉水的身世》、《记忆之城》、《冷淡》和《我的皮村兄妹》。这样勤恳的写作，一方面源自长久以来需要依靠劳动谋生存的延续，另一方面则是源于长久的生活积淀，让他有不得不写的表达欲望。他始终有一种危机感，而文字是他安身立命的根本。

临近 50 岁时，他不知道以后该在哪里退休。与此同时，出版行业正在逐渐衰落，对身处其中的人而言，这句话是一块令人难以喘息的巨石。往年他写作一本书，可以卖到 4 万多册，现在却只能卖 1 万册。焦虑的袁凌在豆瓣上发布了求职信息。对他而言，这和以往人生中遇到的危机一样，他不过是在又一次努力解决问题。

然而，他没有意识到的是，在外人眼中，他早已是位有成就的作家。可作家的生活远比外界想象的艰难，这种名声与现实之间的落差，迅速引发了诸多讨论。作为一名基督徒，袁凌总觉得要对别人好一点儿，他开始走向大众，探讨是走在轨道上还是走进旷野里。

面对那些赞美他有勇气选择旷野中的评论，袁凌没有回避地讲述在旷野里的失去和获得；面对那些诋毁他不负责任脱离轨道的评论，袁凌没有为自己辩解，他只是用自身的存在，继续写作。他从不对抗，他只是在做自己的事，顺其自然地接受生活对他的馈赠和剥夺。

其实，轨道并不意味着比旷野更轻松，只是相较于安稳的道路，后者所付出的代价，始终是一种严酷的考验。然而，当一个人真正下定决心脱离轨道，走进旷野后，就会发现人并没有那么脆弱。反而是旷野的严酷，能激发出微弱的力量，让人在这片荒凉中挣扎着去创造出属于自己的小天地。

后记　一个人面对

站在现在的位置来看，2020年真是一个有着"真实感"的年份，具有某种决定性。在那一年的3月，我开始做"北京青年 × 壹次访谈录"这档互联网视频节目，只是一直到2023年6月，它都不叫这个名字。

当时，我为什么会做这个事情？因为我在疫情期间，很多承担导演角色的视频项目都停止了，我是那种闲下来就容易焦虑的性格，我一直想最大可能地去用尽我的时间，脑子里总有一个念头：做点儿什么，做点儿什么，再做点儿什么。

2020年的我，在互联网做过8年的内容编辑和运营，能理解、认同和服从互联网平台对信息需求的属性——海量、快速、低成本。另外，我又有4年的人物纪录片的采访、拍摄和制作的经验，完整地参与了一个短视频账号的诞生和死亡，我大概能知道它为什么会死亡。

基于这些经验，我觉得人物采访视频是我能立即去做的，并且我一个人基本就能完成的事情。我做事有一个习惯，喜欢设想，假如在没有任何外部帮助的条件下，我一个人能不能做这件事，能坚持多久，能做到什么状态。我总是喜欢这么想，喜欢一个人去解决问题，不用怎么和人商量，也尽可能不去和人与事进行不符合自我秉性的妥协。

我的第一次拍摄在顺义李遂的一个艺术园区。第一位嘉宾是生活在这个园区的一个年轻艺术家吴小欢，他也是我的好友，我们谈到了北漂生活、家庭困境，和作为一个艺术家该如何生活，我还记得我们谈到关于什么是幸福时的长久的停顿和思考。

在这个艺术园区里，我们还和一名给草地浇水的农民工、一个涉世不深的咖啡师、一个餐厅的服务人员坐在画室里聊天，没有人把这个事当成工作，大家聊得都很舒畅，很普通的一天就这么过去了。

就这样，在接下来的日子里，我邀请身边的人参与节目，也有陌生人在账号后台发私信，想参与这个节目。和他们约时间，采访、拍摄、剪辑、发布，重复了一些不长的日子，我才对应到了罗曼·罗兰那句出名的话："世界上只有一种真正的英雄主义，那就是认清生活的真相后，依然热爱生活。"

3年后，罗曼·罗兰的这句话，就换成了那句"在万千人生中，寻见壹次参透的力量"。虽然换得很不好，但也只能如此了。这也和我的性格有关，把某个事给做了，要远重于"某个事"所引起的结果，没有比这更接近活着的感觉，生命突然涌过全身。

这个节目5年了，这5年是我人际关系的崩塌时段，那些由矛盾、利益冲突、价值观分歧带来的关系的崩塌，让我如同在废墟之中生活，但在某种程度上，我还是有一点儿喜欢这种能够产生废墟的崩塌，崩塌了你可以看到关系的构建用的是什么，砖头、泥土还是石块，然后你才会更好地明白如何再次建造新的事物。所以就这个栏目来说，困扰我的从来不是人与人的关系，而是我还能如何推进这个节目，如何推进我最为看重的一个理念：真实。但愿它没有步入死胡同，但偶尔，我又真的渴望它在一个快到尽头的死胡同之中。

很多人问我采访了那么多人，是什么感受？我的感受有两点：一是我们都一样，人类也都一样；二是，还有一个见识越来越清楚了，我微不足道。悲伤的一点，是这些并没有办法去解释清楚，因为这不仅仅是结果，而是一种漫长的过程。那些写出的词和句，说出的言和语，都是一种过程，而大多时候受到关注的恰恰总是结果。

我有一个孩子，他13岁了，我俩天天聊天。

他曾经问我："你崩溃过吗？"我说："很少，因为我总是知道我想要什么，我不会啥都想要，我一生的优势应该是在事情一开始的时候，我知道我可能要放弃什么。"

他曾经问我："你追求幸福吗？"我说："从不，我从不追求幸福。我不追求任何好的，我只避开坏的。避开失败，避开贫困，避开偏见，避开狭窄，避开倒退，避开人群。"

他曾经问我："你有梦想吗？"我说："我没有过梦想，只是我每个阶段想做的事不一样。小学时，我就不想种地，想多在树林里凉快一会儿。初中时，是想考个大学。上大学时，是想多点儿生活费。工作时，是想做新闻。工作几年后，是想做导演。现在，想换个地方，再次面对工作和生活。只能说我没有浪费过时间。"

……

我们聊过很多话题。我觉得我想要告诉他的只有一句话：我所知道的最好的人生总是一个人面对。这是做这个栏目 5 年来，我仅剩的收成，这也有点儿像在《老人与海》中，老人拖回的那副骨架。

陈磊

"北京青年 × 壹次访谈录"栏目导演 / 创始人

2025 年 5 月 4 日

《都市两极：北京 14 人》
创作团队

撰　稿　　**文学统筹**

赵梦月　　"北京青年 × 壹次访谈录"团队：

　　　　　陈　磊

　　　　　孙成波

　　　　　李亚隆

　　　　　董雅婷

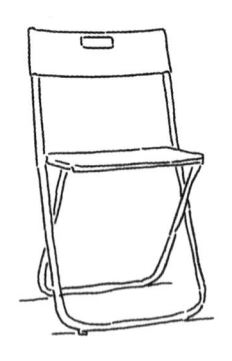